二度転生した少年はSランク冒険者として平穏に過ごす

～前世が賢者で英雄だったボクは来世では地味に生きる～

8

一屋 翠

illustration
がおう

リリエラ【冒険者ランク：A】

レクスとパーティを組んでいる少女。彼との冒険でかなり力をつけて来ておりSランクへの昇格が期待されている。

レクス【冒険者ランク：S】

二度転生し念願叶って冒険者となった少年。自身の持つ力は今の世界では規格外過ぎるが本人にその自覚はない。

チームドラゴンスレイヤーズ【冒険者ランク：C】

レクスとの修行を経て、着々とランクアップしているジャイロ、ミナ、メグリ、ノルブの4人組パーティ。

モフモフ

この世を統べる世界の王(自称)。レクスを倒す機会を狙うが本人にはペット扱いされている。名前はあくまで仮称。羽が好物。

あらすじ

賢者、英雄と二度の人生を経て転生し、憧れていた冒険者となり、瞬く間にSランクにまで昇格した少年・レクス。今回は仲間のリリエラとドラゴンスレイヤーズの面々、弟子入りした少女・リューネとともに、龍国ドラゴニアの龍帝の儀、龍姫の儀という格闘大会に出場することになった。

大会に変装して参加したレクスをはじめ、一行は順調に勝ち進む。敵と仲間が入り乱れる激闘を潜り抜け、決勝戦はリリエラvsリューネとレクスvsノルブの戦いになる。龍姫の儀は大激戦の末、見事リリエラが勝利を収めた。一方龍帝の儀は、レクスが圧倒的な力を見せて勝利。群衆はリリエラを龍姫、レクスを龍帝と呼ぶが、その時、空からシルバードラゴンが舞い降りる。そしてドラゴンから降り立ったリューネが、民衆の前で自分がドラゴニア王家の子孫であることを宣言するのであった。

第13章

書き下ろしエピソード

第13章

第138話　下級万能毒消し

◆国王◆

余はティオン国国王ロドルフィン＝カルネル＝ドル＝ティオンである。

余はとても困っていた。

それというのも、このところ尋常ならざる出来事が立て続けに起き過ぎていたからだ。

ドラゴンの襲来、イーヴィルボアを始めとした多くの危険な魔物の闊歩。

更に騎士団の一部がクーデターを……いや、これは未然に防がれたと言うか、何故か自首してきたのだが。

そして伝説の魔人の暗躍……

どれも数十年に一度の大事がほんの数ヶ月で立て続けに起こっておる。

異常、というより他あるまい。

「いやホント、我が国呪われておるのではないか？」

「陛下、滅多なことを口にしないでください」

余の愚痴を耳聡く拾った宰相が苦言を呈してくる。

ええい、愚痴くらい言わせよ。

「分かっておるわ。余人のおる場所では言わぬ」

今執務室に居るのは、部屋の主である余と報告にやってきた宰相だけであるからな。

「おかげで周辺国が我が国を攻める好機だと悪だくみをしておるわ」

「実際の被害は少なかったとはいえ、外から見たら大騒動ですからな」

「正直余とてこれだけの騒ぎが起こったにも拘わらず、この程度の被害で済んでいる事が信じられんわ」

「ゆえに周辺国も悪だくみをせずにはいられないのでしょうな」

実際には大した被害ではないのだが、それを素直に信じるようでは政治は出来ん。

分かってはいるが迷惑な話だ。

「そして今度はアレか……」

「はい、アレでございます。想定よりもかなり早くなっているようです」

本来ならまだ数十年は猶予がある筈だったが……もうなのか。

「せめて余の治世の間は大人しくしてほしかったと言うのに……」

よりにもよって、アレまでもが動き出すとは、全く以て忌々しい。

「悪魔め……」

◆

「魔物の討伐依頼が多いですねぇ」

依頼を終えた僕達は、ついでに狩ってきた魔物素材の査定を待つ間、依頼ボードを眺めて暇をつぶしていた。

「そうね、それも毒持ちの魔物が多いわね」

リリエラさん曰く、受ける予定が無くても、依頼ボードをチェックして情報を集めるのも冒険者に必須の日課との事だった。

事実、朝に皆が依頼を奪い合うにも拘わらず、残り物しかない依頼ボードには毒を持った魔物の討伐依頼が沢山張り付けてある。

「毒持ちの魔物は毒消しが必要だから厄介なのよね。それにどの依頼にも複数の毒を持った魔物が書かれているわ。ううん、そういう面倒な依頼ばかりが残ったのね」

「残った、ですか?」

「ええ、毒の種類によって必要になる毒消しの種類が変わるから、どんな毒でも対処出来る高ランクの毒消し魔法を使える僧侶が居るパーティ以外は受けたがらないのよね」

「あれ？　だったら万能毒消しポーションを使えばいいんじゃないですか？」

「そんな高価なポーションを買ってたら割に合わないわよ。ほら、依頼主の大半は村でしょ？　報酬もいまいちだから、そんな高価な品を買っていたら経費で赤字確定よ」

え？　それはどういう事だろう？

「でも依頼票に書かれた魔物達の毒くらいなら、下級万能毒消しで十分対処出来ると思いませんか？　それならこの報酬でも十分利益を得られますし」

「え？」

「確か下級万能毒消しの材料は……」

「ちょ、ちょっと待ったレクスさん！　それ以上は言わないで！」

「む、むぐ!?」

と、下級万能毒消しのレシピを思い出そうとしたら、突然リリエラさんに口をふさがれた。って言うか、当たって！　当たってますって！

「さらりと凄い事を言おうとしないで。ここはギルドの中なのよ」

え？　ギルドの中の何が問題なんだろう。

「ええとね、レクスさんが本当にその……下級万能毒消し？の作り方を知っているのかは知らないけれど、市場に出回っていない様な薬のレシピをおいそれと口にしたら、あっという間に皆に真似されちゃうわよ」

そう言ってリリエラさんが周囲を見回すと、周りにいた冒険者さん達が一斉に顔を背ける。

あっ、ギルドの職員さん達まで。

もしかして皆、僕達の話に聞き耳を立てていたって事？

「レクスさんは大陸でも数えるほどしか居ないSランクの冒険者なんだから、その口から出る情報はレクスさんにとっては当たり前でも、周りからすれば値千金の情報になりかねないのよ」

「いやいや、たかが下級万能毒消し程度にそこまでの価値なんてないと思いますよ？」

けれどリリエラさんは深いため息を吐いて言葉を続ける。

「良いレクスさん？　私は、私達は下級万能毒消しポーションなんて知らないわ。どこで手に入れた知識かは知らないけど、私達は知らないの」

下級万能毒消しの事を皆が知らない？　そんな馬鹿な!?

それこそ前々世じゃ教会の司祭どころか下町の子供達が生活費を稼ぐ為に自分で作ってはお店に納品していたくらいありふれた知識だったんだよ？

文字通りの民間療法レベルのレシピだったのに、それを知らない!?

いくら何でもそんな事は……あっ、もしかしてこの辺りでは毒消しの需要が少なかったんじゃ！

大昔のこの辺りじゃ毒持ちの魔物が少なかったから常備薬レベルで毒消しは必要なかったのかも。

でも長い時間の経過による地形の変化や古代魔法文明の崩壊といった環境の変化によって、魔物の縄張りが変化してきたのかもしれない。

勿論強い魔物から逃げてきた魔物達だっているだろうしね。

「それにこのレベルの魔物なら、今すぐ村が危機になる訳でもないわ。少しの間我慢していれば、領内の村々の様子を視察にくる巡回騎士達がやってくるから、彼等に報告すれば騎士団が動いてくれる。その為の税金だもの」

へぇ、村の人達が魔物に困った時はそうやって騎士団に頼れば良いんだ。

僕の村は自分達で魔物を退治しちゃうから、騎士団に頼る程の魔物に襲われた経験は無いんだよね。

僕の村って運が良かったんだなぁ。

「私達の村を襲ったアイツみたいに、騎士団でも手の出しようもない魔物でもないしね。何とかしてもらえる希望があるだけ、この人達はマシなのよ……」

と、リリエラさんが目を細めながら呟く。

そうだね、リリエラさんの村は猛毒を持つヴェノムレックスに襲われて大変な目に遭ったんだもんね。

「……でもそれなら、猶更村の人達に下級万能毒消しの作り方を教えるべきなんじゃないですか？」

「え？」

「確かに依頼ボードに張られている魔物はヴェノムレックス程の脅威じゃないかもしれません。でも依頼をするって事はやっぱり皆困っているんですよ。だったら、少しでも困っている人を助けられるように、下級万能毒消しの調合法は世の中に広めるべきですよ」

本当に下級万能毒消しの調合法が世の中から消えてしまったのかは分からない。

もしかしたらたまたまリリエラさんが長年活動していた魔獣の森周辺では、色んな薬草が採取できるから、下級万能毒消しの必要性が無くて誰も調合法を知らなかっただけなのかもしれないしね。

でも、昔のリリエラさん達の様に、魔物の毒で困っている人達が居るのなら、その人達を助けたいと思うのは間違いじゃないと思うんだ。

時代が変わった事で魔物の生息域が変わったのなら、今こそこのレシピが活躍する時だ！

それに所詮下級万能毒消しの調合レシピだしね！

「レクスさん……あなたって本当にお人好しね」

そんな事を考えていた僕の内心を読み取ったように呆れるリリエラさんだったけど、その眼差しは明らかに安堵に満ちていた。

やっぱりリリエラさんも依頼主さん達の事を心配していたんだね。

待っていれば何とかしてもらえるとしても、それでもその間は皆不安だもんね。

「うーん、でもどうやって依頼を出している村に薬の調合レシピを広めに行こう？　わざわざ村まで行くのなら、いっそまとめて依頼を受けた方が良いよね」

「そうねぇ……」

「それでしたら！　我々冒険者ギルドにお任せください！」

「「うわっ!?」」

突然僕達に話しかけて来たのは、息を切らせて受付から走ってきた受付嬢さんだった。

「お話は聞かせて頂きました。それならば是非とも冒険者ギルドを介して薬の流通をさせてください！」

「ギルドを介して!?」

「はい！　我々冒険者ギルドでしたら、各地に支部を持っておりますので依頼主が仕事を頼みに来た時にレクスさんのお話しされていた下級万能毒消しを即座にお売りする事が出来ます！」

「ええと、僕は薬の調合レシピを公開しようと思ったんですけど……」

「ええ、仰ることは分かります。ですが薬の調合レシピがあっても、その材料が必ずしもある訳ではありません。一部の材料だけ無い土地、魔物に薬草を食い荒らされた土地もあるでしょう！　更に言えば危険な魔物が森に居て採取に向かえなかったり、そもそも調合の出来る人材の居ない村もあると思います！」

成る程、確かにそうかもしれないね。

「そこで我々冒険者ギルドです。我々ならば冒険者に常時採取依頼をかける事が出来ますから、常時薬の材料を確保できますし、それを新人冒険者の新しい稼ぎ口にする事も出来ます！」

おお、そういう考え方もあるんだね。

新人が報酬を得る事が出来てギルドでも薬の材料を常に確保できる、確かに良い事づくめだ。

この短時間でそこまで思いついたなんて、王都の冒険者ギルドは優秀だなぁ。

「ちょっと待って！　それだとギルドにばかりメリットがあって、レクスさんに利益が無いわ」

するとそこにリリエラさんが割って入る。

「はい、それは勿論理解しております。ですので、ギルドとしては薬の売り上げの一部をレクスさんにお支払いするつもりです」

「レシピを秘匿する代わりに、利用料を支払うって訳ね」

「その通りです。毒消し一つ当たりの利益は微々たるものになりますが、どんな毒にでも効くとなれば、多くの冒険者達が万が一の為に買っていくでしょう。それが積もれば、結構な金額になりますよ。そうして得られる不労所得は、レクスさんが冒険者を引退した後に大きな収入源になるとは思いませんか！」

「い、引退後ですか？」

突然引退後の話をされて、僕は面食らってしまう。

「はい、冒険者の仕事は危険ですからね。ある日突然大怪我をして冒険者稼業を続ける事が出来なくなる危険性は高いです。そんな時、我々との契約で得られるお金があったなら、生活はぐっと楽になるとは思いませんか？」

成る程、確かに大剣士ライガードの冒険でも、怪我が原因で若くして引退を余儀なくされた凄腕冒険者さんがやさぐれる話があったっけ。

酒浸りになっていた凄腕冒険者さんは、ライガードに何度も頼み込まれてしかたなく現役時代に使っていた得意技を彼に教える。

そして自らが教えた技のお陰でライガードが困難な依頼を達成した事で、彼はギルドから新人の指導役として雇われる事になったんだよね。

受付嬢さんは僕がその凄腕冒険者さんみたいに、将来リタイアする事になっても生活に困らない様にしようと交渉してくれているんだね。

「まぁ、そういう事なら分からなくもないわね」

リリエラさんも受付嬢さんの説明に納得したみたいだ。

「分かりました。そういう事なら、僕の知っている下級万能毒消しのレシピをお教えします。ただ、あくまで下級の毒消しなので、強い毒には効果がありませんからね？」

「ええ、それは分かっております！　販売の際にはちゃんと説明いたしますとも！」

「あっ、でも普通の毒消しはどうなるの？　下級万能毒消しが広まると、そっちの売り上げが下がって色んな所から恨みを買うんじゃないの？」

え？　それは怖いよ!?

利権が原因で恨みを買うのは前々世の時だけで十分だよ！

前々世でも、王様や上司に命令されて薬や物を作ったら、営業妨害だ、利権を奪われたとか言われて散々な目に遭ったからなぁ。

「そこは値段に差を付ける事で棲み分けを致しますのでご心配なく。個別の毒消しよりも割高にすれば大丈夫です」

リリエラさんの懸念を、受付嬢さんはあっさりと解決してしまった。

うーん、日頃から荒くれ者達を相手にしているだけあって、問題解決能力が高いなぁ。

流石王都の冒険者ギルドの受付嬢さんだ。

こうして、僕は冒険者ギルドに下級万能毒消しの販売を委託する事で、薬の売り上げの一部を貰えるようになったんだ。

「いやー、最近は腐食の大地から流れて来る魔物が多くて困っていたんですよね！　これで依頼の対処が少しは楽になるというものです！」

「腐食の大地？」

あれ？　その名前どこかで聞いた覚えが？

第139話　簡単な毒消しポーションの作り方

「あの、さっきの腐食の大地って……」

「とりあえず詳しい話は奥でしましょうか。さぁさぁ、こちらへどうぞ」

「うわわっ!?」

受付嬢さんが口にした腐食の大地という言葉について聞こうとしたんだけど、彼女は僕の背中をグイグイと押してギルドの奥へと無理やり押し込んでゆく。

「じ、自分で歩けますから押さないでっ！」

「さぁさぁ早く早く！　早く万能毒消しの話をしましょう！」

けど受付嬢さんはこちらの話に耳を貸さずにどんどん背中を押してくる。

うう、押しが強い人だなぁ。あと下級万能毒消しですよ。

「はっはっは、随分と楽しそうだな大物喰らい」

受付嬢さんにグイグイ押されて困惑していた僕に声をかけてきたのは、この王都の冒険者ギルドを纏めるギルド長だった。

「何かまたとんでもない事をしたそうだな。今度は万能毒消しだって？」

「下級万能毒消しですよ、ギルド長」

あとまだ何もしてないですよ。

「下級つっても万能は万能だろ。まったく、どこでそんなとんでもねぇ薬の知識を手に入れてきたのやら」

と言いつつも、ギルド長はそれ以上深い事まで聞こうとはしない。

冒険者に個人の過去を探るのはご法度だからね。

「さぁ、こちらにどうぞ」

受付嬢さんに案内された部屋は、ギルドのホールに隣接した交渉用の個室よりも広く、そして豪華な部屋だった。

壁もしっかりとしていて、おそらく聞き耳を立てても聞こえない様な分厚いつくりになっているみたいだね。

「この部屋は特別な商談を行う為の個室です。高貴なお方の秘密の依頼を受ける時や、今回のように他の人に聞かせる訳にはいかない、ギルドにとって重要な案件で使う為の部屋なんですよ」

「あはは……そんな凄い部屋に案内してもらうような内容でもないんですけどね」

「とんでもない！　レクスさんのポーションの知識はとても貴重な知識ですよ！　それこそ古代遺跡の深部から発掘される魔法知識なみに貴重な情報です！」

そ、そんな大したもんじゃないんだけどなぁ。

「ではレクスさん！　さっそくですが万能毒消しの調合法を教えてください！」

「わ、分かりました。では実際に薬草を調合しながら説明しますね」

僕は魔法の袋から下級万能毒消しの調合に必要な薬草と道具を取りだす。

「ふむふむ、確かに素材自体は特別なものはありませんね。これならランクの低い冒険者達でも集める事が出来そうです！」

受付嬢さんはさっそく必要な品のメモを取っている。

よかった、この辺りじゃ手に入らない材料があるとか言われずに済んで。

「ところで、よく考えると私も席を外していた方がいいんじゃないの？」

と、リリエラさんが部屋を出た方が良いのではと言ってくる。

「別に構いませんよ。リリエラさんはパーティの仲間ですしね」

「良いのかしら……？」

「では始めますね」

僕は道具を手に取ると、受付嬢さんがメモを取りやすいようにゆっくりと調合を始める。

「まずこちらの薬草を煎じます」

「ふむふむ」

「次のこちらの薬草をぬるま湯に漬けて葉の色が茶色になる直前で取り出します。これで二つの薬効がぬるま湯と薬草にそれぞれ分離するんです」

「そんな調合の仕方があったんですね！」

「で、こちらの薬草を鍋で炙って水分を飛ばします」

「全部違う手順で下準備するんですねぇ」

「で、こちらをこれと混ぜて冷えるまで暗所に寝かせておきます。そしてこちらをこうして……で、さっきのヤツを混ぜて……」

そして全ての薬草を調合した液体を瓶に入れ、僕は宣言する。

「これで下級万能毒消し完成です！」

「早ぁーっ！　もう完成ですか!?　早すぎませんか!?」

あっという間に下級万能毒消しが完成して、受付嬢さんが驚きの声を上げる。

「この調合法は、鮮度が大事なんです。だから普通のポーションの調合よりも早く作れる分、作業が忙しいんですよ」

「た、確かに。一度作り始めたら、ずっとこのポーションの調合に付きっ切りになりそうですね。ギルドで量産する際には、このポーション専門の作業班を設立するべきですね」

うん、それが良いだろうね。

「けどそれなら、確実にポーション班専用の主任の役職が出来ますよ……クフフ、間違いなく出世のチャンス」

……うーん、今のは聞かなかった事にしよう。

出世争いに関わっても良い事は無いからね。

「ともあれ、ありがとうございますレクスさん！　これでお金のない貧乏パーティでも万が一の為に毒消しを常備する事ができます！」

と、急に現実に帰ってきた受付嬢さんがそんな事を言ってきた。

「あれ？　下級万能毒消しは値段高めに設定するんじゃないんですか？」

確かさっきそんな事言ってたよね？

お金のない貧乏パーティは買わないいんじゃないの？

「確かに値段は高めに設定しますが、彼等が毒消しにお金を使いたがらない理由は、毒の種類が多いからです。だからどの毒にも効く薬があれば、せめて一個くらいは買っておこうかという気になりますし、我々ギルドとしてもせめて一個くらいはと強く勧める事が出来ます」

成る程、どの毒にも使えるなら、普通のポーション気分で買えるもんね。

「ではお値段とレクスさんへの取り分についてですが、一般的な毒消しの価格帯は、安い物は銀貨30枚からですので、こちらは材料費を考慮して銀貨70枚と考えています」

「そんなに高くて売れるんですか!?」

ええ!?　前々世じゃ銅貨60枚くらいだったよ!?

「ほぼ二倍ね」

と言いつつも、リリエラさんはあまり驚いた様子じゃなかった。

リリエラさんはこの値段に納得してるの!?

「あまり高くても買い手が尻込みしますし、これ以上安いと他の毒消しの売り上げが大幅に下がります。世に広めたいというレクスさんの意見も考慮しますと、この辺りが妥当な値段でしょう。素材の仕入れで支払う代金もありますし、複数の毒に効き目があるのですから、本当は二倍でも安いと私は思いますよ」

そっかー、前々世だと皆自力で素材を集めて作っていたから高く感じたんだけど、ギルドで売るには仕入れの手数料も考えないといけないんだね。

「で、レクスさんへの収入ですが、売り上げの一割を支払うという事で一本につき銀貨7枚でいかがでしょうか？　今ならまだポーションの単価を上げる事も出来ますが？」

「い、いえ！　あくまで皆の安全の為に広めるものですから、値段は上げないでください！」

「分かりました。では価格は銀貨70枚、レクスさんへの支払いは銀貨7枚で決まりですね。こちらの契約書にサインを」

受付嬢さんが差し出した契約書をざっくりと要約すると、冒険者ギルドに薬のレシピを教える事で、僕に売り上げの一部が支払われるという感じの内容だった。

「……はいっ」

サインを書き終えた僕は受付嬢さんに契約書を差し出す。

「はい、これにて下級万能毒消しポーションの契約は完了いたしました。Sランク冒険者レクスさんのご協力に感謝致します」

こうして、冒険者ギルドとのポーション委託契約は無事に完了したんだけど……なんだかどっと疲れたなぁ。

まさかただの下級万能毒消しでここまで大げさな契約を結ぶことになるとは思わなかったよ。

まぁでも所詮は下級万能毒消しだし、大した収入にはならないだろうけどね。

◆受付嬢◆

それはレクスさんが下級万能毒消しの契約を終えて帰られた直後におきました。

扉が乱暴に開かれたかと思ったら、血まみれの二人組がギルドに飛び込んできたのです。

「た、大変だっ！」

確かこの人達はDランク冒険者のロットさんとジーンさんですね。

熟練、という訳ではありませんが、将来有望なコンビです。

ともあれ、まずは応急処置が先ですね。

私達は彼等の治療の為に受付から立ち上がります。

依頼に失敗したのでしょうか？　それとも何かトラブルにまきこまれたのでしょうか？

ですが、彼らの手当てをしようと私達が立ち上がった瞬間、ロットさんはこう言ったのです。

「仲間がインフェルノスパイダーに嚙まれちまったんだ!! 誰か解毒薬を持っていないか!?」

「「「インフェルノスパイダー!?」」」

その名を聞いた瞬間、ギルド中が騒然となりました。

それもその筈、インフェルノスパイダーと言えば、Bランクの強力な魔物。

大型犬ほどもある巨体から放たれる蜘蛛糸を使った攻撃はとても厄介なのですが、何より恐ろしいのはその牙から滴る灼熱毒なのです。

この毒に蝕まれたものは、数日をかけて全身を炎で焼かれるかのような苦しみに襲われながら死んでしまうのです。

「おいおい、インフェルノスパイダーだって!? あいつはあそこの奥地に住んでるヤツだろ!? 何でそんな所に行くのに毒消しを用意しておかなかったんだ!?」

「行ってねぇよ! 王都の近くの西の森で仕事をしてたら襲われたんだ! 最初は普通のジャイアントスパイダーだと思ってたんだが、毒を受けた仲間が毒消しを飲んでも効き目がないからまさかと思ったら、インフェルノスパイダーだったんだよ!」

「インフェルノスパイダーが西の森に!? そんな馬鹿な!?」

「そんな事よりも誰か薬を持ってないのか!? 金なら出す!」

「「「……」」」

　皆が無言になるのも仕方ありません。

　インフェルノスパイダー用の毒消しに使う素材は貴重ですから、調合してもらう為に自分で素材を集めるか、高いお金を払って用意する必要があるのです。

「駄目です、ギルドの在庫にはありません！」

「王都の薬屋に聞いてみましたが、今から調合するのに三日はかかるそうです！」

「それじゃあ間に合わねぇよ！　もう西の森からここまで一日経ってるんだ！」

　そう、更に困ったことに、インフェルノスパイダー用の毒消しは長持ちしないのです。

　だから薬が完成した直後に出発し、薬が使い物にならなくなる前に帰還するのが基本だったんですが、まさか遭遇する筈のない場所で遭遇してしまうなんて、なんという不幸でしょう。

「ぐあああっ!!」

「しっかりしろジーン！」

　もうどうする事も出来ず、皆見守ることくらいしか……

「そ、そうだ！　あのコレ！」

　苦しむジーンさんの姿を見て、居ても立ってもいられなくなった私は、思わず手にしていた下級万能毒消しをロットさんに差し出します。

「これは？」

「これは下級万能毒消しです。インフェルノスパイダー専用の毒消しではありませんが、痛みを和らげるくらいはできるかもしれません……」

といっても、この薬では弱い毒にしか効果がないとレクスさんも言っていました。

Bランクのインフェルノスパイダーの毒に対抗できるとは思えませんが、それでも無いよりはマシでしょう。

それに運がよければ毒の進行を遅らせる事ができるかもしれませんし。

我ながら都合のよい希望に縋っているのは分かりますが、それでも祈らずにはいられません。

「下級？　……いや、助かる。代金は後で必ず支払う。おいジーン！　薬だ！　これで助かるぞ！ほら飲め!!」

「うぐ……ゴクッ」

ロットさんはジーンさんに強引に下級万能毒消しを飲ませます。

ああ神様、どうかレクスさんの下級万能毒消しが少しでも効きますように！

「う、うう……」

「ど、どうだ？」

「……」

すると突然ジーンさんのうめき声が止まりました。

効果が……あったのでしょうか？

「おい、どうしたんだジーン!?」

ロットさんは突然何も言わなくなったジーンさんに心配そうに声をかけます。

もしかして薬が間に合わなかったのでしょうか……

「ジーンッ!!」

ロットさんが悲痛な声を上げると、ジーンさんの口がゆっくりと動いたのです。

「苦しく……なくなった」

「「え?」」

見れば先ほどまで苦しんでいたジーンさんが、自らの足で起き上がっているではないですか。

全身から脂汗を垂らして蒼白になっていた顔には赤みが戻り始めており、少し前まで死にかけていたとは思えない程爽快とした表情を見せています。

「全然苦しくなったぞ!」

更にジーンさんは体を動かして自分の体調を確認し始めたではないですか!

「おおっ、さっきまで体中が燃える様に苦しかったのに、今は全然苦しくない! それどころか、毒を受ける前より体が軽くなった気分だ!」

「ええっ!? ど、どういう事ですか!?」

「マ、マジかよ!?」

私だけでなく、ロットさんも目の前で起きている出来事が信じられないと目を丸くしています。

「おう！　マジもマジだ！　まるで体の中の悪い物が全部消えたみたいだぜ！」

「う、うおおおぉ！　良かったなぁジーン!!」

「おうよ！　心配かけたな相棒！」

二人はガバッと抱きしめあって回復を喜びあっています。

「おお、なんか良く分からんが良かったなぁ」

「ああ、一時はどうなる事かと思ったぜ」

「良かったなぁお前ら」

ジーンさんが回復した事で、ギルドに居た他の冒険者達も彼の回復を祝福します。

それはとても感動的な光景なんですが……

「それにしても、まさか本当にインフェルノスパイダーの毒消しを持っていたなんて驚いたぜ」

「えっ!?　あっ、その……」

いえ、そうじゃないんですが……

「ああ、本当に助かったぜ！　毒消しの代金はちゃんと払わせてもらうぜ！　いくらだい？」

ど、どうしましょう……この状況。

「……ええと、銀貨70枚です」

諦めて私は素直に答える事にしました。

「……は？」

二人が首を傾げて声を上げます。

ええ、そういう反応をしますよねぇ。

「いやいや、ソレはないだろう。Bランクの魔物の毒だぞ？　たかが銀貨70枚で済む筈がないだろう？」

「そうだぞ、俺達に遠慮なんてしなくていいから、ちゃんと正規の代金を教えてくれ。インフェルノスパイダーの毒なら、金貨と間違えてないか？　そりゃ財布にゃかなり痛いが、それでも助かっただけ儲けモンだ」

お二人とも真剣に言ってくださってるのは分かるんですけど、こっちもマジメに言ってるんですよねぇ。

「ええとですね、この薬は本当に売値が銀貨70枚なんですよ」

「だからそんな筈はないだろう」

「本当です。先ほども言いましたが、この薬は下級万能毒消しと言って、弱い毒ならどんな毒にでも効果のある毒消しなんです。なぜそれがインフェルノスパイダーの毒に効いたのかは分からないのですが……」

「下級万能毒消し？　聞いた事の無い薬だな？」

「そもそもどんな毒にも効果がある薬なんてあるのか？」

「で、ですが、実際にジーンさんは治ってますし……」

「「……」」

ジーンさん達が互いに顔を見合わせて何とも言えない表情をしています。

「そのだな、本当にその薬でジーンは治ったのか？」

「はい、間違いなく。この薬を調合する所から見ていましたが、インフェルノスパイダーの毒消しに使う薬草は使用されていませんでした」

「それが……銀貨70枚なのか？」

「はい。その値段で販売する契約を結んでいますので……」

「「……」」

ジーンさん達が私の顔をじっと見つめていたと思ったら、また二人で向かい合っておもむろに頷き合いました。

「「その薬！　もっと売ってもらえるか!?」」

「え？　あ、はい。薬の生産はギルドに委託されていますが、まだ薬草の準備が出来ていませんので、販売は明後日辺りを予定しております」

「「よし買ったぁぁぁっ!!　今回の分とは別に5個頼む！」」

と言って興奮ぎみのジーンさんが強引に金貨を4枚と銀貨20枚を私の手に握らせました。

「ちょっ、まだ薬は出来て……」

「お前らズルいぞ！　俺達も買うぞ！　インフェルノスパイダークラスの毒を治療する毒消しなら、

いくらあっても困る事はない！　10個売ってくれ！」

「俺達にも売ってくれ！」

「あわわ、ええと……」

さっきまでの葬式の様な空気はどこへやら、あっという間に元気になった冒険者達による下級万能毒消しの争奪戦が始まってしまいました。

「オラァッ！　手前ぇ等！　ギルドの中で騒ぐんじゃねぇよ！」

さらに騒動を聞きつけたギルド長まで出張ってきた事で騒動はヒートアップ。

最後にはトラブルを聞きつけた憲兵隊までやってきて、ギルドは今までにないほどの喧騒に包まれることとなったのでした……

けど、インフェルノスパイダーが西の森に出るなんて……

一体この国で何が起きているのでしょうか？

第140話　毒魔討伐とランク上げ

「たぁっ！」

僕の一撃を受けて、真っ赤な血のような色をした蜘蛛の魔物が真っ二つになる。

この魔物はインフェルノスパイダー。その毒は弱いけど、ちゃんと治療をしないと命の危険にかかわるやっかいな魔物だ。

まぁ大半は素材として使えないから、気軽に倒す事の出来る魔物なんだよね。

一応毒液は加工すれば解熱剤なんかの材料になるから、倒した後で毒液だけを採取すればいいのも狩る側としては気を遣わずに済んでありがたいんだよね。

「それにしても、本当に毒を持つ魔物が多いなぁ」

王都近くの森にやってきた僕達は、いつもは居ない毒を持った魔物を重点的に退治していた。

というのも、冒険者ギルドから毒を持った魔物を優先的に退治して欲しいと頼まれたからだ。

「そうね、これだけ危険な毒を持った魔物が王都近くに現れるなんてそうそうないわ」

襲ってきた魔物達を槍で貫きながらリリエラさんが溜息を吐く。

「レクスさんの用意してくれた下級万能毒消しがあるから最悪の事態を心配しなくていいけど、それでもどこに毒を持った魔物が隠れているか分からないから、神経が磨り減るわね」

確かに、毒は怖いからね。前世でも油断どころかちょっと近づいただけで空気中に散布された猛毒で即死するなんてザラだった。

「はっはぁー！　喰らいやがれ魔物共！　俺の炎を恐れないならあ痛ぁーっ！」

あっ、ご機嫌で戦っていたジャイロ君が、茂みから出てきた魔物に噛みつかれた。

「痛熱つつつつつぅっ!!」

どうやら噛みついたのは毒持ちの魔物だったらしく、ジャイロ君が苦しんで転げまわる。

「油断するなって言ったでしょ馬鹿！　メグリ援護お願い！」

と、ミナさんがすぐにジャイロ君に下級万能毒消しを飲ませる。

そしてその隙をカバーするべくメグリさんが……ってあれ？

メグリさんは何故か目の前の魔物の相手をしたままで、ミナさんのフォローに入ろうとしない。

「メグリさん！」

僕はミナさん達に襲い掛かる魔物を魔法で牽制しながらメグリさんに声をかける。

「あっ、ゴメン」

僕が声をかけると、メグリさんが慌ててミナさん達の援護に向かった。

うーん、メグリさんがあんな風になるなんて珍しいな。もしかして調子が悪いのかな？

「はっ！」

メグリさんが振るった短剣から不可視の風の刃が飛び、向かってきた魔物達を切断する。

メグリさんは魔物達の毒を受けない様に、属性強化を上手く使って中距離での間合いを維持して戦う。

うーん、でもちゃんと間合いを取って油断なく戦っているなぁ。たまたまだったのかな？

「よっしゃ復活っ！　兄貴のお陰で毒も怖くないぜ！　よくもやってくれたな手前（てめえ）ぇっ！」

そして下級万能毒消しが効いたジャイロ君が、すぐさま戦いに戻っていく。

「あ痛ぁーー！」

あっ、今度は別の毒を持つ魔物に噛まれた。

「あんの馬鹿ぁーー！　いくら安くてもお金かかるんだからねぇーー！」

「くっそーー！　ノルブのヤツが居れば解毒魔法でもっと楽なのによう」

「しょうがないでしょ、ノルブは教会に呼ばれて朝からいないんだから」

と、今日はいないノルブさんの事を話しながらミナさんが下級万能毒消しをジャイロ君に飲ませていた。

◆

「ふー、この辺りの毒持ちの魔物はあらかた倒したみたいだね」

魔物の襲撃が一段落した事で、僕達は一息つく。

「おかげでかなり素材がたまったわ。レクスさんの魔法の袋が無かったらとっくに切り上げていたところね」

「そうですね。でもこれだけ倒せば、冒険者ギルドも満足してくれると思いますよ」

そう、僕達は本来受けた依頼とは別に毒を持った魔物を退治していたんだ。

ギルドからの優先依頼として、腐食の大地からやってきた魔物達を討伐して欲しいと頼まれたから。

◆

それは朝、仕事を探して冒険者ギルドで依頼ボードを眺めていた時の事だった。

依頼を見繕っていた僕達に、ギルドの受付嬢さんが魔物退治を頼んできたんだ。

「優先依頼ですか？」

「はい、ギルドからの通達で発生する特殊な依頼で、緊急依頼ほど急を要するものではありませんが、特に急ぐ用事が無い場合は優先的に受けてもらう必要のある依頼です」

へぇ、そんな依頼もあったんだね。

「内容は腐食の大地から出てきた毒持ちの魔物退治です」

「腐食の大地!?」

と、受付嬢さんの言葉を聞いたメグリさんが、珍しく声を上げた。

「どうしたんですかメグリさん？」

「あ、うん……ちょっと危険な場所の名前が出てきたから驚いただけ……うん」

危険な場所か。確かに腐食の大地だなんて、名前を聞くだけで危なそうな場所だもんね。

「ええと、それでですね、依頼地域は腐食の大地周辺の土地及び平時には見かけない毒を持った魔物が確認された地域です。期間は毒を持った魔物の姿が確認されなくなるまでです」

なんというか、随分とおおざっぱな依頼だなぁ。

「優先という事ですけど、その間は他の依頼を受けちゃいけないんですか？」

「いえ、今回は内容が魔物退治なので、他の依頼を受けつつ毒を持った魔物を発見したら討伐してもらうくらいで構いません。ギルドとしてはとにかく数を減らしてほしいので。ただ、もし発見しても戦う事が出来ない状態でしたら、その時はなるべく早くギルドに発見した場所を報告してください」

成る程、普通の依頼+討伐と考えれば良いんだね。

「分かりました。ところで腐食の大地っていうのは何なんですか？」

と、僕が受付嬢さんに聞くと、受付嬢さんはえ？　と首を傾げる。

「あれ？　レクスさんは腐食の大地の事をご存じないんですか？」

「名前だけは聞いた覚えがあるんですが、詳しくは知らないですよ」

「成る程。では僭越ながら私が説明させていただきます」

僕が知らないと告げると、受付嬢さんが姿勢を正して腐食の大地の事を語り出す。

「腐食の大地とは、およそ千年前に出現した毒の沼地の事です」

「毒の沼地ですか？」

「ええ、その沼地は少しずつ周囲の土地を汚染し、毒に侵された大地を広げていったんです」

周囲を汚染して広がっていくって……

「まるで魔獣の森みたいですね」

うん、木の魔物達で出来た魔獣の森も、少しずつ周囲の土地を侵食していって、リリエラさんの故郷の村を飲み込んでしまったんだもんね。

「その通りです！　腐食の大地も魔獣の森と同じ危険領域なんです！」

「危険領域!?」

その名前を聞いて、僕は自分が何時腐食の大地の名前を聞いたのかを思い出す。

そうだ、アレはトーガイの町でBランクになった時に、ギルド長に聞いたんだった。

冒険者の中でも一定ランク以上の者にしか入る事が許されないほどの危険な場所、危険領域。

腐食の大地もそんな危険な場所の一つだったっけ。

「一説には悪魔が作り出したとも言われる腐食の大地では、およそ１００年に一度、そこで生息している毒を持った魔物達の大繁殖が起きるんです。そして腐食の大地から追い出された魔物達が周囲の土地に住み着いてしまうんですよ」

受付嬢さんが両手を広げながら沼地を追い出された魔物が広がってゆく様を演出する。

「それで最近毒の魔物の討伐依頼が多かったのね」

受付嬢さんの説明を聞いて、リリエラさんが納得の声を上げる。

「その通りです。しかも今回は前回の魔物達の氾濫から50年程しか経っていないので、ギルドとしても想定外で困っていたんです。例年通りなら、繁殖期に合わせて毒消しのポーションの材料を集めて十分な在庫を用意していたそうなんですけど、今回は予想外に繁殖期の兆候が早かったので準備が遅れていたんです」

と、そこで受付嬢さんがニッコリと笑顔を見せる。

「ですが、その問題もレクスさんの下級万能毒消しのお陰で何とかなりました！　一部の強力な毒を持つ魔物については急ぎ材料を集めていますが、それ以外の毒を持った魔物はこの毒消しのお陰ですぐに在庫が用意できそうで助かっているんですよ！　なにせＢランクのインフェルノスパイダーの毒にも効果があったくらいですから！」

「インフェルノスパイダー!?」

その名を聞いて、ミナさんが驚きの声を上げる。

「知ってんのかミナ？」

ジャイロ君が良く分からないと首をひねりながら聞くと、ミナさんが青い顔で頷く。

「かなり凶悪で嫌らしい毒を持つ魔物よ。犬くらいの大きさがあるから、毒とか関係なく普通に脅威だしね」

「そうですね。インフェルノスパイダーの単純な強さはDランク相当ですが、毒の危険度が高くBランクに指定されています」

と、ミナさんの説明に受付嬢さんが補足する。

「なんだよ、Dランクなら大した事ねーじゃん。薬もあるなら楽勝だろ」

「あのね、インフェルノスパイダーの素材はお金にならないのよ。Dランク相当の実力って事は殻や牙もその程度でしかないの。それなのに危険度をBランクに引き上げる毒を持ってる。唯一価値があるのは毒液だけど、戦う為に用意する毒消しの方が高くつくのよ。だからインフェルノスパイダーは……っていうか毒を持った魔物の大半との戦闘は経費の方が高くつくから嫌がられるのよ」

確かに、前世でも都市を襲撃されたから絶対に倒さないといけないみたいな状況でもない限りは、強力な毒を持った魔物は放置されるか、遠距離からその土地ごと一掃していたもんね。

「そういう訳で討伐の危険度は大分減ったんですが、沼地から出てきた魔物が一般の人を襲う危険がある事には変わりありません。ですので腐食の大地の魔物の繁殖期が収まって外に出た魔物達をあらかた狩り終えるまでは優先的に毒持ちの魔物を退治してほしいんです。代わりに、ギルドからは優先依頼が取り下げられるまでの間、毒持ちの魔物の素材買取り金額のアップおよび各種毒消しの割引を行っております。そして毒持ちの魔物を多く倒す程、ギルドへの貢献度が高いとされランクアップ審査での評価対象となります」

「おおっ！　毒持ちの魔物を倒すとランクアップ出来るのかよ！」

「断定ではなく、審査で有利になるというものです。とはいえ、参加しない方よりはランクアップに近づくのは間違いありません」

「あれ？　そういえばリリエラさんのSランク昇格ってどうなってるんですか？　確かタットロンの町のギルド長からSランクに推薦してもらえる約束になってた筈ですけど」

「ええ、その件でしたら既に先方から連絡を頂いております。リリエラさんのSランク昇格審査の判断材料の一つとしてカウントさせてもらっていますよ」

僕がタットロンの町での出来事を思い出して聞くと、受付嬢さんがそんな風に答えてくれた。

「すぐSランクになれるんじゃないんですか？」

「そのですね、冒険者の上位ランクへの昇格は、下位ランクの昇格と違って複数の審査が必要になってくるんですよ。単に力が強いだけじゃ駄目なんですよ」

「え？　でも僕はすぐSランクになりましたよ？」

「あのですね、上位ランクへの昇格というのは、単純な強さは当然として協調性や人間性、ギルドおよび国家への貢献度なども考慮しないといけないんです。特に人間性に関しては時間をかけてじっくり見ていかないと分からないものです」

うん、言いたいことは分かるよ。でもそれだと僕の場合やっぱり審査する時間が足りなかったんじゃ……？

「ただレクスさんの場合、国家やギルドへの功績が多すぎて……」

「え？　そんな大した事をした覚えはないですよ？」

本当に大した事してないんですけど？

「ドラゴンをはじめとした強力な魔物退治の実績で実力に関しては言うまでもなく、魔獣の森を貫通する街道の設立、街道内での休憩を可能とする結界の設置。更に魔物除けポーションの販売によって、多くの人々が安全に旅を行えるようになりました。これらの実績によって人々が得られる恩恵は計り知れず、またそうした戦闘行為以外での実績が、レクスさんの人間性の保証となっています。ぶっちゃけ、ここまでやっておいて今更審査とか何を審査するんだよとランクアップ会議で言われた程です」

なんでそんなに投げやりなんだ審査官……

もっと調べる事は色々あると思うんだけどなぁ。

「まぁそんな訳で、すぐにリリエラさんが昇格出来る訳ではありません」

そうなんだ。残念だなぁ。

「ですが、他のAランク冒険者と比べ、かなりSランクに近いのは間違いないですよ。リリエラさんの冒険者としての活動期間を考えるとかなりのハイペースなのは確実です」

「別にいいじゃねぇか兄貴！　この依頼を受けてバンバン魔物を退治すりゃああっという間にランクアップできるんだろ！」

と、これまでの話を聞いていたジャイロ君がそんな事を言ってくる。

「偉い連中が色々調べるのに時間がかかるんなら、それでいいじゃねぇか。それに今回は素材の買取り価格もアップするんだしさ、ランクアップが早くなる上に金も多く貰えるなら得じゃん！」

おお、さすがジャイロ君だ。なんというか考え方が物凄くポジティブだよ。

「つー訳でよ！　さっそくその万能毒消しってのを買って毒を持った魔物を狩りまくろうぜ！」

早くランクアップしたいと、ジャイロ君はやる気満々だ。

「さすがに新人は気合が入ってるわね。私も負けてらんないか」

と、ジャイロ君に触発されたのか、リリエラさんも気合を入れている。

「しょうがないわね。でもま、確かにランクアップが早くなるならやらない手はないか」

二人に負けじと、ミナさんもやる気を出す。

「……」

けれどそんな中で、メグリさんだけはどこか上の空だったんだ。

◆メグリ◆

「へっへー！　今日は大猟だったぜ！」

魔物退治から戻ってきた私達は、冒険者ギルドへと入ってゆく。

ギルド内は既に多くの冒険者達が居て、素材の買取りには時間がかかりそうだった。

「さーって、今日はいくらになるかなっと！」

けれどランクアップの期待が大きいジャイロは、行列の長さも気にならない様子でウキウキと買取りの列に並ぶ。

「ねぇ、私は先に戻ってもいい？」

「ん？　どうしたんだよメグリ？　トイレか？」

「この馬鹿っ！」

「痛ってぇーっ！」

馬鹿な事を言ったジャイロを、ミナが思いっきりはたく。

いつも通りの光景が少しだけ私の心を和ませる。

「メグリ、もしかして具合が悪いの？　今日はなんだか上の空だったし」

ん、さすがにミナには気付かれたか。

「ん、大丈夫。ちょっと疲れただけだから」

「そう？　まぁどうせ買取りには時間がかかるし、先に戻っていいわよ」

「ありがと」

心配そうな様子のミナと分かれ、私は冒険者ギルドを後にした。

◆

「……やっぱり」

一足先にレクスの屋敷に戻ってくると、門の前には一台の馬車が止まっていた。

そして馬車の傍には、綺麗に整えらえた白髪の男の人の姿。

一見普通に見える服だけれど、その服に使われている生地は明らかに良いもので、その人物が裕福な家庭の生まれであると言外に告げていた。

というか、私はその人が誰なのかを知っていた。

「お久しぶりですな」

私の姿に気付いたその人が話しかけてくる。

「バハルン……」

私は彼の名前を呼ぶ。

かつて私を、トーガイの町まで送り届けた人の名を。

「貴方が来たという事はやっぱり……」

バハルンがなんとも言えない表情で頷く。

「ええ、お役目を……果たす時が来ました」

「ん、分かってる」

私はすべてを受け入れて、彼の手を取る。

「それでは参りましょうか……メグリエルナ『姫』」

第141話　消えたメグリを捜せ！

「あれ？　メグリさんまだ帰ってないのかな？」

家に帰ると中は真っ暗で、そこにメグリさんの姿はなかった。

具合が悪いから先に帰るって言ってた筈なのに。

「もしかしてどこかで倒れてたりするんじゃ……」

と、リリエラさんが不安そうに言うと、ジャイロ君達が奥の部屋から戻ってくる。

「部屋にも居なかったぜ」

「これは大変だね、すぐにメグリさんを捜さないと！」

「よ、よし、俺は大通りを捜すから、ミナはメグリがよく行く店を頼むぜ！」

「分かったわ」

「それじゃあ私はいつも皆でギルドに向かう道を辿ってみるわ。今日は夕飯を買う為に別の道を通って帰って来たから、すれ違いになってるかもしれないしね」

「……メグリさんの居る場所が分かりました」

「そう、じゃあレクスさんは……」

「「「って、ええーーっ!?」」」

「な、なんで分かったのよ!?」

僕がすぐにメグリさんの居場所を察知した事に、皆が驚きの声を上げる。

「メグリさんの身につけている装備の魔力波長を調べたんです」

「ま、魔力波長？　そ、そんな事出来るの!?」

「ええ、敵に探査されない様に隠蔽してるんですが、空気中の微細な魔力に紛れて僕にだけ分かる波長を出す様にしてあるんです」

「し、知らなかったぜ……」

「マジックアイテムってそんな事も出来るのね……」

ジャイロ君とミナさんが目を丸くして驚いている。

あっ、でも案外索敵を得手とする魔法使い以外は気にしないのかな？

マジックアイテム技師としては割と常識なんだけどなぁ。

軍でも索敵は専門の索敵術師が担当してたしね。

「追跡機能を付ける事自体は簡単ですよ。ちょっと難しいのは、その波長を敵に知られない様に偽装する仕掛けの方ですね」

うん、前々世で、はぐれた仲間を捜す為の追跡機能が欲しいって軍から頼まれて作った機能なんだよね。

まぁ、実際には捜索よりも脱走兵や裏切者を捕まえるのに使うのに役立ったらしいんだけど……

「その簡単は絶対簡単じゃないと思うし、そもそも誰がそんな機能があると思うのよ!?」

「敵の密偵とかでしょうか」

「レクスは誰と戦ってるのよ……」

僕の返答を聞いたミナさんが何故かガックリと肩を落とす。

「へへっ、こんなに簡単に見つけちまうなんて、流石兄貴だぜ！」

「アンタは順応し過ぎなのよ！」

「キュキュウ！」

あれ？　モフモフもメグリさんを捜すのについてきてくれるんだ。

「そっか、お前もメグリさんが心配なんだね」

「キュグーー」

そんな鳴き声を出すなんて、よっぽど心配なんだね。

二人共、僕の知らない所で随分仲良くなってたんだなぁ。

「グー」

「よし、それじゃあメグリさんを迎えに行きましょう！」

「「「おおー！」」」

「グー！」

◆

「メグリさんの反応はこの向こうですね」

メグリさんの反応のある方向を辿ってきた僕達は、大きな壁に阻まれていた。

「ここって……貴族街じゃないの」

そう、この先は貴族達が暮らす貴族街で、僕達平民は許可なく入る事が出来ない場所だ。

しかももう夜だから、猶更僕達が入るのは難しい。

無理に侵入したら、すぐに探査魔法で察知されて大挙してきた衛兵達に囲まれちゃうだろうね。

「メグリ、なんでこんな場所に……？」

「「……」」

リリエラさんが不思議そうに首を傾げると、ジャイロ君達が気まずそうな顔になる。

「二人共何か知っているの？」

「あ、いや何でもねぇぜ兄貴。けどこれじゃあなぁ」

「そうね、壁が邪魔で進めないわね」

「え？　飛行魔法を使えばいいじゃない」

「「あっ」」

二人が忘れていたと言わんばかりに声を上げ、なんとも言えない表情になる。

ただ二人の反応がちょっと気になるんだよね。

なんだかメグリさんを捜すのを躊躇っているみたいな感じだけど……

「ええと、でも空を飛んでいるのを見られたら……」

ミナさんが空を飛ぶ事で衛兵に見つかる事を危惧するけど、それも問題ない。

「姿隠しの魔法があるから大丈夫ですよ」

「あー、そう言えばそんな魔法があったわね」

リリエラさんとは以前一緒に使った事があるからね。

それに探査魔法も僕の開発した潜入捜査用の隠密魔法で誤魔化す事が出来る。

こっちの魔法は前世と前々世で何度も使って術の精度を上げてきたから、割と自信があったりするんだよね。

「じゃあ行きましょうか、皆手を繋いで」

「あ、ああ。分かったぜ兄貴」

「……しょうがないか」

うーん、やっぱりおかしいなぁ。

さっきまでは凄くメグリさんの事を心配していたのに。

何か気になる事があるのかな？

「じゃあ行くよ」

僕は皆と手を繋ぐと、姿隠しの魔法と隠密魔法を発動させてから空を飛ぶ。

「ほ、本当にこれで見つからなくなったの？」

「ええ、喋っても大丈夫よ。手さえ放さなければね」

不安そうに聞くミナさんに、経験者のリリエラさんが答える。

「ととっ、な、なんか手を繋ぐと飛びにくいな」

速度を合わせて飛ぶ事に不慣れなジャイロ君がグラグラと揺れながら飛んでいる。

「あ痛たたっ！　こらジャイロ！　もっとゆっくり飛びなさいよ！　手が引っ張られて痛いのよ！」

「わ、悪ぃ、けど上手くスピードを落とせねぇんだよ！」

うん、本来速度を合わせて飛ぶのって、同じ属性同士でするのが基本だからね。

属性が違う人間同士で速度を合わせようとすると、飛び方が違うから同じ属性同士よりも難しいんだよね。

「兄貴、どうにかなんねぇかな？」

「そうだなぁ、僕が皆を抱えて飛ぶとか？」

「「却下!!」」

速攻でリリエラさんとミナさんに却下されてしまった。

「しょうがないわね。私達がジャイロに合わせるしかないか」

「そうね、うっかり手を放したらそれこそ大騒ぎになりかねないものね」

「うう、済まねぇ皆」

ジャイロ君が申し訳なさそうに謝ってくる。

実際問題、火属性で炎を噴出して飛ぶジャイロ君は夜でも目立つ。

そんな彼が貴族街の真上を飛んでいるのを見られたら、あっという間に大騒ぎだからね。

「気にしないでジャイロ君。もっと飛行魔法の修行をすれば、火属性のジャイロ君でも見つからない様な静かな飛び方が出来る様になるから」

「マジかよ兄貴!?」

「うん、ジャイロ君ならすぐに音よりも速いスピードで飛べるようになるよ！」

「うぉぉー！　音よりも速くかよ！　こりゃあ蒼炎のジャイロだけじゃなく、音速のジャイロって二つ名も付いちまうかもな」

音速を超えた速度を出せるようになると聞いて、ジャイロ君が興奮しながら笑みを浮かべる。

良かった、さっきまで気分が沈んでいたみたいだけど、元気になったみたいだね。

「ねぇ……音よりも速く飛べるのは良いんだけど、生身のジャイロは大丈夫なの？」

と、音速での飛行に疑問を持ったミナさんが質問してくる。

さすがミナさんだね。生身での音速飛行の問題点に気付いている。

「ええ、身体強化をちゃんとしてれば大丈夫ですよ」

「成る程、身体強化しないと大丈夫じゃないのね……」

「っと、そろそろメグリさんの居る場所が近いですよ」

既に貴族街を飛び越えていた僕達は、その先に見える大きな建物に目を向ける。

「メグリさんの反応はあの建物の中ですね」

「え？　でもあの建物って……」

僕の言葉にリリエラさんがまさかと声を上げる。

うん、その気持ちは分かるよ。

僕達はあそこに入った事が無いけど、あそこがどんな建物かは知っているんだから。

僕達の視線の先、メグリさんの居る場所。

それは、この国を統べる王の暮す場所。

「はい、王城です」

「な、なんでメグリが王城に!?」

確かに、メグリさんが王城に居るなんて思ってもいなかったからね。

「それじゃあ入りましょうか」

「って、ええっ!?」

「ちょ、ちょっと待って！」

「流石にマズいぜ兄貴！」

王城に向けて進もうとすると、何故か皆が僕を止めてくる。

「え？　でもメグリさんはこの城に中にいるし、入らないと会えないよ？」

「さ、流石にお城の中に無断侵入はマズイわよ。バレたら最悪死刑よ？」

うーん、リリエラさんの言いたい事は理解出来るよ。

勝手に城に入ったらマズイのは前世も今も同じだからね。でも……

「僕の知っているメグリさんは普通の冒険者だよ。そんなメグリさんがこんな場所にいるって事は何かトラブルに巻き込まれた可能性が高いと思うんだ。もしメグリさんが無実の罪で捕まってしまったのなら、急いで助けに行かないといけないいんじゃないかな」

「そ、それは……」

貴族は自分達の都合の為なら平気で無実の人間に罪を着せる事もある。

それが自分達に逆らえない平民なら猶更だ。

前世の経験でそういう事態が十分にありえると知っていた僕は、メグリさんの救出が急務だと感じていた。

「僕達冒険者には、自由を守る権利と義務がある。どんな国にも協力する代わりに、どんな国にも従属しない。自由こそ冒険者、それが冒険者ギルドの理念だって、皆知ってるでしょ？　だから、仲間の冒険者が危険に晒されているなら、助けないと」

そう、冒険者は自由を愛する者達だ。

だから冒険者は自由を奪おうとする者を許さない。

「え、えっとね。その心配はないんじゃないかなって思うのよ。それにもしかしたら何かの仕事で来ているのかもしれないじゃない！」

「だ、だな。明日になったらメグリも帰ってくるかもしれねぇし」

本当に二人共どうしたんだろう？

「それならそれで良いんです。理由があってあそこに居るなら、すぐに帰れば良いですし……でも」

「でも？」

「あの時、メグリさんは辛そうでした」

「「っ!?」」

僕の言葉を聞いた二人がハッとした顔になる。

そして二人はお互いに顔を見合わせ頷く。

「……ミナ」

「ええ、これはもう言っても無駄ね」

「つーか、我ながら馬鹿みたいだぜ」

ジャイロ君が恥ずかしそうに顔をそむけ、頭をかきながら呟く。

「うん、本当なら私達が言うべき言葉、動くべき行動だったわね」

ミナさんもバツが悪そうな表情で頬をかいていた。

二人は大きく息を吐くと、覚悟を決めた顔で僕の方に向き直る。

「悪ぃ兄貴、目が覚めた！」

「行きましょう、メグリに会いに！」

「うん！」

何かは分からないけど、二人が行く気になってくれてよかったよ。

やっぱり二人共メグリさんの事が心配でしかたなかったんだね！

「どうでもいいけど、私だけ蚊帳の外って感じだわ」

「キュウ！」

「「あっ」」

振り向けば、一人と一匹だけ放っておかれたリリエラさんとモフモフが不貞腐れていた。

「「ごめんなさい」」

さ、さて、そういう事だから、お城に潜入だ！

◆

「メグリさんが居るのはこの部屋の奥ですね」

城内のメグリさんの反応を探知してやって来たのは、城の上層にある窓際の部屋だった。

厳密には反応はその更に奥なんだけどね。

「この窓から入ろうか」

僕達は窓を開けて部屋へと入る。

「おじゃましまーっす」

「入るぜー」

「あああ……バレたら間違いなく死刑だわ」

「手、手を放さなければ大丈夫よ」

リリエラさんとミナさんが落ち着かない様子で僕の手をぎゅっと握ってくる。

二人とも、ちょっと痛いよ……

「暗いなぁ」

部屋の中は暗く、人の気配は無い。

灯りをつける訳にはいかないから。暗視の魔法を使って部屋を見回すと、部屋の全貌が見えてくる。

「……普通の部屋だね」

うん、大きな天蓋付きのベッドに装飾の施されたテーブル、壁には絵画や装飾品が飾ってあって、いかにも貴族の部屋って感じだ。

益々もってメグリさんが何でこんな所に居るのか分かんないな。

「あれ？　メグリが居ねぇぞ？」

「メグリさんの反応はこの奥、あの扉の向こうだね。でもメグリさんだけじゃないみたいだ」

と、僕は部屋の奥に進むドアを指さす。

メグリさんの反応は奥の部屋から感じるけど、もう一つ誰かの反応も感じる。

「人が居るとなると、迂闊に入れないわね」

「そうね、一旦その誰かが出ていくまで待たないといけないみたいね」

「じゃあこの部屋で待機していようか。もし何かトラブルの気配があったら、その時は飛び込んでメグリさんを救出、そのまま王都を脱出するよ」

「うーん、その心配はないと思うけど、分かったわ」

不思議とミナさんはメグリさんに危険は無いと確信しているみたいだ。

「ミナさん、それにジャイロ君、二人はメグリさんの事を何か知っているの？」

僕に問われて二人が顔を見合わせる。その表情は言って良いのか迷っている感じだ。

「えっとさ、兄貴。メグリには色々事情があるんだよ。だからその、俺達が勝手に話すのはちょっとな……」

「うん、私達からはちょっとね」

ああ、二人はメグリさんのパーティ仲間だもんね。

それに冒険者が相手の過去を探るのは、マナー違反だ。

どんなに心配であっても、本人に言う気が無いならそっとしておくのが冒険者の仁義ってもんだ、そうライガードも物語の中で言っていたっけ。

「分かったよ二人共。メグリさんが自分で言わない限り僕からは聞かない事にするよ」

「サンキュー兄貴」

「そう言ってくれると助かるわ」

「……あとさ、もしメグリの事情を知ったとしても、いつも通りに接してやって欲しいんだ」

「うん？　よく分からないけど分かったよ」

僕の言葉を聞いて、二人がほっとした顔を見せる。

そっか、二人ともメグリさんへの仁義と、仲間を心配する気持ちがせめぎ合って、僕を引き留めていたんだね。

そう考えると、本当にメグリさんは安全なのかもしれない。

ただ、折角ここまで来たんだし、帰る前にメグリさんの安全だけは確認しておこうかな。

具合が悪いままなら、治療魔法で調子を整えてあげたいし。

「皆、誰か来るわよ」

と、話に夢中になっていた僕達に、リリエラさんが声をかけてくる。

そして同時にドアの開く音が主の居ない部屋に響いた。

「それじゃあ、お休みなさい」

部屋に入ってきた人物は、奥の部屋にいる誰かにお休みの挨拶をする。

声からして女の人かな？

とても優しい声音だから、親しい人に向けているっぽいね。

次の瞬間、部屋に灯りが付いた事で一瞬目がくらむ。

同時に、ふわりと、甘い匂いが鼻孔をかすめる。

「キュッ？」

と、その時、僕の肩に乗っていたモフモフが声を上げて飛びだした。

「あっ、モフモフ！」

「キャッ!?　え？　なにこの子!?」

「キュウキュウ！」

僕から離れたモフモフは姿隠しの魔法の効果を失い、その姿があらわになってしまう。

しまったな、こんな事なら首輪に紐でもつけておくんだった。

「アイドラ様！　どうなされたのですか!?」

アイドラと呼ばれた女の人の驚きの声に反応したのか、部屋の奥から誰かが飛び込んでくる。

「キュウッ！」

「えっ？　モフモフ？」

部屋に入って来た誰かがモフモフの名前を呼ぶ。

あれ？　モフモフの事を知っている？　それに聞き覚えのある声だ。

すぐに目が灯りに慣れ、僕はモフモフ達の姿を判別できるようになる。

そこに居たのは、僕達のとてもよく知っている人だった。

いや、とてもよく知っている人『達』だった。

「メグリさんが……」

「メグリが……」

「「二人ぃぃぃぃぃぃ!?」」

そう、そこには、ドレスを着たメグリさんが二人居たんだ。

……どうなってるのコレ!?

第142話　お姫様はメグリ!?

「何でモフモフが……」

メグリさんが二人いた事に驚いて思わず声が出てしまったけれど、姿隠しの魔法を使っているおかげで僕達の正体はまだバレていない。

ただ飛び出したモフモフだけは見つかっちゃったんだけどね。

「メグリエルナ、この子は貴女の友達なの？」

すると、最初にこの部屋に入ってきたメグリさんがモフモフを抱きかかえながらメグリエルナと呼ばれたメグリさんに語りかける。

ええと、あとから入って来たメグリさんの発言を信じると、こっちのメグリさんがアイドラさんで良いんだよね多分。

うーん、ややこしいな。

「は、はい……私の、というか、私の知り合いのペットです」

モフモフの事を知ってるみたいだし、こっちのメグリエルナさんが僕達の知っているメグリさんなのかな？

「まぁ、お友達の？　それは心配されているでしょうね。すぐに返して差し上げないと」

「というより、何故モフモフがこんな所に……」

「貴方、モフモフという名前なの？」

「キュウ！」

「きゃっ」

急に飛びつかれて驚いていたアイドラさんだったけど、すぐにモフモフを受け入れ抱き直すと優しく撫ではじめる。

「キュッキュー！」

撫でられたモフモフは気持ちよさそうな鳴き声を上げてアイドラさんにすり寄っている。

お城に忍び込んだのがバレたのに、お前は気楽だなぁ。

「ふふっ、可愛い。お菓子は食べる？」

「キュウ！」

そう言ってアイドラさんがテーブルのお菓子を差し出すと、モフモフは嬉しそうに高価そうなお菓子を頬張る。

「見てメグリエルナ、可愛いわね！」

「ボリボリ」

「本当はとても危ない生き物なのですが……」

「あら、そんな事ないわよね？　貴方は優しい良い子よね？」

「キュウッ！」

「……猫を被っている」

アイドラさんにお菓子を与えられながら、されるがままに撫でられ続けるモフモフ。

そこに野性は全く見えず、完璧に飼い猫のようなだらしない姿を晒していた。

まぁモフモフはまだ生まれたばかりの赤ん坊だしね。魔物とはいえ、脅威とは思われないだろう。

「……」

と、そんな二人とは裏腹に、メグリさんが部屋の中をキョロキョロと見回していた。

どうしたんだろう？

「どうしたの、メグリエルナ？」

アイドラさんもメグリさんの様子が気になったらしく、彼女に問いかける。

「アイドラ様、これから少し驚く事になると思いますが、声を上げないでもらえますか？」

「え、ええ？　よく分からないけど分かったわ」

アイドラさんは不思議そうに首を傾げるけれど、メグリさんを信頼しているのか、分からないながらも頷いた。

「ありがとうございます」

メグリさんはアイドラさんを背に隠し窓の方角、つまり僕達の居る方角を向いて言った。

「レクス、ううん、皆そこにいるんでしょう？」

この断言っぷり、メグリさんは僕達が居ると確信しているみたいだね。

「モフモフで気付かれちゃったかなぁ」

「でしょうね」

「どうする皆？」

僕はジャイロ君達を見て、どうしようと判断を仰ぐ。

今回はジャイロ君達の意見を聞いた方が良さそうだ。

「いいんじゃねぇの？　もうバレちまってるみたいだしさ」

「そうね、というか最初からメグリを捜しに来たんだしね」

「分かりました」

ジャイロ君達の確認を取った僕は探査魔法対策の隠密魔法はそのままに、姿隠しの魔法だけを解除する。

「えっ!?　人!?　何処から!?」

僕達が突然現れた事で、アイドラさんが驚きの声を上げる。

でもあらかじめメグリさんに驚かない様に言われていたからか、そこまでパニックにはなっていないようだ。

「メグリエルナ、この人達は一体？」

アイドラさんが事情を知っているメグリさんに問いかける。

「アイドラ様、彼等は私の友人の冒険者です」

「まぁ！　冒険者！」

僕達を紹介されたアイドラさんの目が興味津々な様子になる。

「何もない所から突然現れるなんて、凄いのね冒険者って！」

「いえ、それはレクスだからで……はぁ、右からジャイロ、ミナ、レクス、リリエラです」

「あっ、どうもっス」

「は、初めまして！」

「初めまして、レクスと申しますアイドラ様」

「リ、リリエラといいます！」

僕達が挨拶をすると、アイドラさんは微笑みながら姿勢を正す。

「初めまして、私はアイドラ、アイドラ＝セル＝イスカ＝ティオンです」

アイドラさんはスカートを摘まむと、貴族の令嬢に相応しく優雅にお辞儀を返してきた。

たしかカーテシーって言うんだっけ？

「分かっていると思うけど、この方はこのティオン国の王女様だから」

「そ、そうなんだ……って、王女様ぁ!?」

アイドラ様が王女と聞いて、リリエラさんが驚きの声を上げる。

「まぁまぁ、落ち着けってリリエラの姐さん」

「そうよ、あんまり騒ぐと人が来るわよ」

「え？　あっ、ゴメン」

「ああそれなら大丈夫ですよ、今は僕が風魔法で音が漏れないようにしてますから」

「あら、そうだったの？　じゃあもっと大きな声を出しても大丈夫ね」

「ちょっ!?　何で皆そんな平然としてるの!?」

僕達が平然としている事に、リリエラさんが困惑の声を上げる。

「いえまぁ、お城に住んでる時点でお姫様だろうなぁと予想がついていましたから」

前世や前々世でもお城に入る機会は多かったからね。

賢者や英雄である僕に話をさせる為に部屋へ招く王族は結構多かったんだよね。

……まぁ、話を聞くというのは名目で、それ以外の目的の為に呼んだ人はそれ以上に多かったんだけど。

「まぁ俺達はメグリからある程度聞いていたからな……」

「ご、ごめんね。事情が事情だけに」

「じゃ、じゃあメグリがお姫様だって私だけが知らないでいたの!?」

いいえ、僕もそれは知りませんでしたよ。

「違う」

と、そこで否定したのはメグリさんだった。

「私は姫じゃない。私は、アイドラ様の影武者」

「影武者!?」

「その通りです。メグリエルナは私の影武者です」

アイドラ様がメグリさんの言葉を続けるように会話に加わって来る。

「せっかく来てくださったのですから、どうぞこちらにお座りくださいな。メグリエルナ、お茶を淹れてもらえるかしら?」

「かしこまりました」

そう言ってアイドラ様が僕達をテーブルに誘う。

メグリさんを見ると、彼女は無言で頷いてきたので、まずは僕から椅子に座る。

それにつられるように、ジャイロ君達も座り、最後にリリエラさんが遠慮がちに椅子に座った。

そしてメグリさんが全員分のお茶をテーブルに置くと、アイドラ様が口を開く。

「ふふふっ、メグリエルナがこんなに沢山お友達を連れて来るとは思わなかったわ」

「も、申し訳ありません」

「良いのよ。怒ってなんかいないわ。寧ろ喜んでいるの。だって貴女はその役割上、あまり人と深く関われないものね」

「そうなんですか？」

「ちょっ、レクスさん!?」

僕が会話に加わると、リリエラさんが慌てた様子で僕を止めようとしてくる。

「良いのですよリリエラ様、貴女も気軽に話しかけてくださいな」

「は、はい！」

うん、リリエラさんは緊張して話どころじゃないっぽいね。

天空王の時はもっと堂々としてたんだけど、自分の暮らす国の、それも本物のお姫様となると勝手が違うんだろうなぁ。

けど偉い人の子供って、結構外の世界の話を求めてるんだよね。

立場的になかなか外に出れないし、出ても護衛に囲まれてなかなか楽しめないらしいから。

だからフランクに接すると喜ぶ人が多いんだよ。

まぁそれをすると怒る人も居るんだけど、そう言う人は見た瞬間、態度や視線で分かるからね。

「ねぇ、貴方達とメグリエルナの話を教えてくれないかしら？　私はこの部屋と奥の部屋で会うメグリエルナの事しか知らないの」

アイドラ様がまず求めて来たのは、メグリさんの話だった。

けどメグリさんの話かぁ。何を話したものかなぁ。

「皆さんは冒険者だそうですが、メグリエルナとはどういう関係なんですか？」

僕達がどう話をしたものかと困惑していた事を察したのか、アイドラ様は僕達の関係に話題を絞ってきた。

この人、会話の運び方が上手いなぁ。

「えと、俺達……っていうか俺とミナは、メグリ……じゃなくてメグリエ……エー」

「ジャイロ、メグリでいい」

「お、おう！　分かったぜ。ええと、そう、俺達はメグリの幼馴染です！」

「メグリエルナの幼馴染？」

アイドラ様が不思議そうに首を傾げる。

「アイドラ様、私はアイドラ様の影武者として働く事が決まるまでは、護衛になるべく訓練を受けていたのです。その時に暮らしていたのが、王都から離れた位置にある村だったんです」

「まぁ、そうだったの！」

へぇ、それでメグリさんはジャイロ君達と知り合いだったんだ。

「そ、そうなんですよ！　ミナの爺さんとメグリの家の爺さんが知り合いで、それで爺さん達が友達になってやってくれって言って俺達の所に連れて来たんだ」

「まぁっ、素敵な出会いね！」

「へへっ」

「仲良し三人組だったのね」

「あ、いえ、４人です。ここに居ないノルブって子が居て、その子はちょっと用事で別の所に居るんです」

とミナさんがアイドラ様の言葉に補足する。

「まぁそうなの。そのノルブ様という方にもお会いしてみたかったわ」

そういえばノルブさんも家に帰ってきてなかったなぁ。

家に誰もいなくて心配してないと良いんだけど。

「あれ？　でもそれだと何でメグリの正体を知ってたの？　メグリがアイドラ様の影武者とかバレたら困るんじゃない？」

と、リリエラさんが思い浮かんだ疑問を口にする。

あー、そういえばそうだね。

「うっ……」

一瞬、唸るような声を上げたメグリさんだったけど、すぐに何事もなかったかの様に振る舞う。

「あー、それな。昔皆で遊んでた時にさ、勝負に負けたら自分の秘密を教えるって罰ゲームを決めたんだ。で、そん時に負けたメグリが教えてくれたんだよ」

「「それ、教えて良いの!?」」

まさかの内容に、僕とリリエラさんの声が重なる。

「……こ、子供の言う事だし」

うんメグリさん、流石に誤魔化せてないよ。

冷や汗がダラダラ流れてる。

「さすがに内容が内容だから、私もまさかと思ったんだけど、でも昔からメグリは定期的に王都とあの村を行き来してたし、お爺様達からメグリの事をよろしく頼むって何度も念を押されたのよね。だから、万が一と思ってジャイロ達に口止めしておいたのよ。けどコイツを黙らせるのにはほんっっっとに！　苦労したわ！」

「いやだってよ、普通本当の事とは思わねえじゃん」

「……」

メグリさんがかつてない程に無表情になってる。

いやいや、寧ろその顔じゃ、動揺を隠すどころか逆に動揺してる様にしか見えないよ!?

「ぷっ……あはははははっ!!」

と、ジャイロ君達の話を聞いていたアイドラ様が大笑いをし始めた。

「あははっ、メグリエルナ！　貴女そんな事してたのね！　あははははっ」

「ふ、分別のつかない子供の頃の事ですから……」

と言いながらも、メグリさんの顔は真っ赤だ。

無表情だけどこんなに表情豊かなメグリさんを見たのは初めてかもしれない。

「ふふふっ、素敵よ！　もっと聞かせて貴方達の話！」

こうして僕達は、アイドラ様に促されるままにメグリさんとの出会いや、冒険者になってからの日々を語るのだった。

第143話　影武者の影武者!?

　アイドラ様に頼まれた僕達はメグリさんとの出会いや、冒険者になってからの冒険の数々を披露していた。

「凄いわ！　メグリエルナはそんな凄い冒険をしてきたのね！　素敵！　巨大で恐ろしい魔物と戦ったり、空に浮かぶ島に冒険に行くなんて、まるで物語の世界のようだわ！」

　僕達の話を聞いたアイドラ様は、凄く楽しそうに羨ましそうに、メグリさんを見つめる。

「でも何で冒険者になったの？　私の影武者の仕事をするなら、冒険者になる必要はないわよね？」

「冒険者になるように母に命じられたのです。影武者として正式に仕える前に、実戦経験を積んでおけと言われまして」

　成る程、確かにそれは理に適っているね。

　まさかお姫様の影武者が冒険者をやっているとは誰も思わないだろうし。

「それに万が一の時は冒険者としての身分が役に立ちます」

ああ、王族が仮の身分を作る為に冒険者になるのもよくある事だもんね。

大剣士ライガードの冒険でも、王子様が仮の姿で冒険者になって、ライガードと一緒に悪党どもを懲らしめる物語があったんだ。

けどあの物語は人気が出過ぎて、いつの間にかその王子様を主役にした別の物語が出来ちゃったんだよね。

「あー、いいなぁ。私もそんな素敵な冒険がしてみたいわ」

「アイドラ様、さすがにそれは……」

「分かっているわ。それは許されない事だものね」

先ほどまでの楽しそうな雰囲気から一転、アイドラ様が残念そうに目を伏せる。

そして代わりにメグリさんが僕達に視線を向ける。

「皆、私は母からの命令で、アイドラ様の影武者としての仕事をする事になった。だからもう冒険者として一緒に居る事は出来ない」

「……まぁ、しゃーねぇよな」

「そうね。元々そういう話だったものね」

既に話し合っていたのか、ジャイロ君とミナさんはすんなりとメグリさんの意見を受け入れた。

「本当に良いの？」

それに対し、リリエラさんは二人に問いかける。

リリエラさんも分かってはいるんだろうけど、それでも聞かずにはいられなかったんだろうね。

なにせ彼等は同じパーティの仲間ではなくても、一緒に冒険をした冒険者仲間だ。

そんな仲間が、離れ離れになると聞けば、悲しむのは当然だ。

「ありがとうリリエラ。でも私はいつでもアイドラ様の影武者が出来る様にお傍にいる必要があるから。私が冒険に出ていたら、いざという時に間に合わないかもしれない。それじゃあ影武者の意味がない」

「……そうよね」

難しい問題だよね。

貴人の影武者となると、本当にいつ何があるか分からないから、常に何人何種類もの影武者が用意されるのが常だ。

それこそ超精巧なゴーレムを使った影武者を使う国もあったくらいだしね。

「って、そうか。ゴーレムの影武者も用意すればいいんじゃないかな？」

ふと僕はその事を思い出して皆に提案する。

「「「「え？」」」」

「あの、レクス様。ゴーレムの影武者とは一体？」

僕の言葉を聞いたアイドラ様がキョトンとした顔で聞いてくる。

ゴーレムを使った影武者は貴族の間では割と有名だと思うんだけど……ああ、アイドラ様は守られる立場のお姫様だから逆に知らないのかもしれないね。

「ゴーレムの中には、貴人の影武者として用いるとても精巧なものがあるんですよ」

「そ、そうなのですか!?」

「ちょっ!?　そんなゴーレム聞いた事ないわよ!?　まさかこの間のゴーレムよりも精巧なの!?」

ミナさんが凄い前のめりで質問して来る。

うん、新しい魔法技術が気になるからって、ちょっと興奮し過ぎですよ。

「はい、ちょっと貴重な材料が必要で多少手間はかかりますが、影武者として遜色のない動きをするゴーレムは十分作れますよ」

「「「それ、絶対ちょっとでも多少でもない」」」

あはは、そんな事ないですよ。

「で、でも、さすがに私……じゃなくてアイドラ様そっくりに振る舞うゴーレムは無理だと思う。ゴーレムじゃ複雑な会話は無理だと思うし」

それはあるかなぁ。

材料と時間さえあれば、それも可能なんだけど、手持ちにそれが出来る材料が無いんだよなぁ。

「あーでも、自立型じゃなくて良いなら、使用者が操縦用のマジックアイテムを装着するタイプのゴーレムを作れますよ」

「「「「操縦用のマジックアイテム?」」」」

「はい。ゴーレムを自分の体同様に動かして、あたかもその場にいるかの様に感じる事の出来るゴーレムです」

「「「それどんな超技術っっ!?」」」

「ええとですね、ああそうだ。この間ドラゴニアで作ったゴーレムの残りがあるから、これでちょっと体験してもらいましょうか」

「「「そんな夕飯の残りみたいに!?」」」

　僕は魔法の袋から鎧型ゴーレムと一緒に、緊急用の停止装置も取り出す。

　こっちはゴーレムに使用している材料の質がいまいちだったから、万が一暴走した時の為に作っておいたんだよね。

「この緊急停止装置をゴーレムの操縦装置に改造しちゃいますね。視覚は……メガロホエールから貰った宝石の原石でいっか。ちょっと削ってと……うーん、まあ今回はお試しだからこの辺は適当でいいや」

「マ、マジックアイテムが適当に作られていく……」

「お、落ち着いてミナ。これがレクスさんクオリティよ。私達の常識に照らし合わせると無駄に疲れるだけだわ……」

「おーっ、スゲェな兄貴！　なにやってんのかさっぱりだけどマジックアイテムをこんなに簡単に改造するなんてスゲェよ！」

「まぁ、マジックアイテムの改造って簡単なのね」

「アイドラ様、これはレクスだからそう見えるだけです。普通は無理です」

「よし出来た！　どうぞアイドラ様、これを使ってゴーレムを動かしてみてください」

お試し用の操縦マジックアイテムが完成したので、さっそくアイドラ様に使ってもらおう。

「これはどう使うのかしら？」

「まずこの宝石の原石で出来た映像結晶を頭に固定します。そして操縦装置のここを押すと……」

「まぁ！　目の前に私が居るわ!?」

ゴーレムを起動させると、アイドラ様は自分の姿が見えると驚いた。

うん、ちょうどアイドラ様の真正面にゴーレムを配置したからね。

「どうぞゴーレムを動かしてみてください。ここを動かすと左右に動きますよ」

「こ、こうですね！」

僕が操作を教えると、アイドラ様はぎこちなくゴーレムを操縦してゆく。

「す、すごい！　まるで体が二つあるみたいだわ！」

初めてのゴーレムの操縦で、アイドラ様が興奮気味に叫ぶ。

「これはお試し用に急遽作ったものですが、少々お時間を頂ければ、より本物の体に近い感覚で動かせるようになりますよ」

「素晴らしいわレクス様！　あの、例えば、例えばですが、私が城に居ながらにして、外の世界を出歩く事の出来るお忍び用のゴーレムを作る事も可能なのですか!?」

　操縦型のゴーレムに興味を抱いたアイドラ様が物凄く興奮した様子で食いついて来る。

「はい。操縦用の送信装置を遠距離対応のモノにすれば十分可能ですよ」

「ぜ、是非作ってくださいませ！　私の影武者ゴーレムと、私のお忍び用のゴーレムを！　あっ、お忍び用ゴーレムは私とは違う外見でお願いしますね」

　ゴーレムの魅力にどっぷりとハマったアイドラ様が、さっそく注文をしてくれた。

　普段外に出られないお姫様だから、外の世界が気になって仕方ないんだね。

「分かりました。ゴーレムを二体ですね」

　人間に偽装する自然な動きのゴーレムかぁ、久しぶりだから腕が鳴るなぁ！

　そうだ！　せっかく外の世界を楽しむ為のゴーレムなんだから、自衛の為にある程度の頑丈さと強さも備えておかないと！

「報酬は望むままに与えます。勿論材料代は別で。そうだわ！　何でしたら爵位でも構いませんのよ！」

　アイドラ様は興奮を隠せない様子で報酬にはお金以外でも好きな物を要求しろと言ってきたけど、さすがにそれはいらないかな。

「いえ、爵位はいらないです。ゴーレムの代金だけで充分ですよ」

「何故ですか!?　それほど凄いゴーレムを作れるのなら、国が諸手を上げて迎え入れてくれますよ!?」

それが嫌なんだよねぇ。

だってそれが原因で、前々世では面倒な仕事をうんざりするほど押し付けられたんだから。

「僕は権力にはあまり関わり合いになりたくないんですよ。静かに目立たず生きていきたいんです」

その為に冒険者になったんだしね。

「「「いやそれは無理だと思う」」」

「キューゥウ」

ちょっ、何で皆して即否定する訳!? モフモフまで一緒になって！

「と、ともあれ、冒険者は自由を愛する者ですから、どれだけ価値があっても自由を束縛する物に興味は無いんですよ」

「まぁ!? レクス様は無欲な方なのですね！」

アイドラ様は信じられないと言いたげに僕を見つめていたけれど、小さく溜息を吐くと姿勢を正して僕を見つめる。

「分かりました。これ以上無理に褒美を薦めても、貴方の心証を悪くするだけですものね。とはいえ、ただ代金を払うだけでは王家の名折れです。報酬には十分に色を付けますし、レクス様の重荷にならない程度で価値のある品を用意致しましょう。それでいかがですか？」

「ええ、それで構いませんよ」

交渉成立だね。話の分かるお姫様で良かったよ。

「ああそうだ、ついでにもう一つお願いがあるんですが」

「ええ、何でも言ってください」

うん、これは言っておかないとね。

「僕達の事は秘密にしておいてもらえますか？　今日は勝手に入ってきちゃいましたので」

「あら、そうだったんですか？　ああ、そういえば姿を消して入っていらっしゃったのですものね」

「「「「勝手に入ってごめんなさい」」」」

僕の横からリリエラさん達が頭を下げる。

「ふふ、お気になさらないで。貴方達はメグリエルナのお友達なのですから。貴方達が夜分未婚の王女の部屋に侵入した事は不問と致します」

「……あれ？　もしかして私達かなりヤバイ橋を渡った？」

「かなりどころか相当ヤバイ。侵入だけでもヤバイのに、レクス達男が未婚の王女の寝室に入ってきたのがバレたら間違いなく処刑もの」

うわー、怖いなぁ。

ちなみに前世じゃ寧ろ積極的に引きずり込まれそうになってました。

「じゃ、じゃあそろそろ帰りましょうか！　メグリの無事も確認出来たものね」

「あらもう帰ってしまわれるの？」

僕達が帰ると言うと、アイドラ様が寂しそうな顔になる。

「今回はメグリさんを心配しての事ですから、メグリさんに危険がないと分かったので、お暇させて頂きます。あんまり僕達が居座っていても良くないですしね」

あんまり騒いで護衛の騎士達が飛び込んできたら大変だからね。

「分かりました。あまり引き留めても失礼ですからね」

「ではゴーレムが完成したらまた来ますね」

「ええ、お待ちしておりますわ」

「メグリ、今度出て行く時はちゃんと書き置きを残してから出かけなさいよ」

「ん、ごめん」

「けどまぁ、メグリが無事で安心したぜ」

「そうよ、皆凄く心配したんだから」

「反省してる」

挨拶を終えると、僕達は窓際に行き、手を繋ぐ。

「それじゃあメグリさん、何かあったらいつでも来てくださいね」

「うん、その時はお願いする」

短い会話を終えると僕は姿隠しの魔法を発動させる。

「メグリエルナ、また消えたわ！」

「はい、レクスの魔法です」

「魔法って凄いのね」

僕達がまだ目の前にいるのに、アイドラ様が目を丸くして驚いていた。

「じゃあ帰ろうか皆」

「ええ、そうね」

僕達は飛行魔法を発動させて窓から飛び出る。

「すっかり夜も更けちゃったわね」

「そうね、安心したらお腹が空いちゃったわ」

「俺も俺も！　兄貴、帰りは何か食ってこうぜ！」

「そうだね、僕もお腹が空いちゃったよ」

……あれ？　お腹が空いたと言えば、何かを忘れている様な気が……？

◆メグリ◆

「ふふ、友達の為に城に侵入するだなんて、凄い子達だったわねメグリエルナ」

窓から外を見ながら、アイドラ様が楽しそうに呟く。

「レクス達は、ちょっと変わっていますから……」

私の言葉にアイドラ様は振り返ると、ニコリと笑みを浮かべて言った。

「大丈夫よ。彼等の事はちゃんと内緒にするから」

私の心配事をアイドラ様は笑って解消してくださった。

この方が私の護衛対象で良かったと言うべきかな。

「それじゃあ私達も休みましょうか」

「キュウ！」

するとアイドラ様の胸に抱かれたモフモフがもがきながら体を乗り出すと、テーブルに向かって体を伸ばす。

あっ、モフモフの体って猫みたいに伸びるんだ。

「あら？　モフモフちゃんはまだお菓子が食べたいの？」

「キュッキュウ!!」

モフモフがその通りと頷くと、アイドラ様がテーブルのお菓子を手に取り、モフモフの口に近づける。

「キュフゥ！」

「ふふ、沢山食べて大きくなるのよ」

その笑みはまるで聖母の様に慈しみに満ちていて、私は温かな気持ちになる。

「……あれ？」

そこで私は違和感に気付いた。

いつも近くにいた為についつい忘れていた違和感。

「モフモフッ、返し忘れてる！」

そう、レクスはモフモフを回収せずに帰ってしまったのだった。

「キュウッ！」

◆

「ふぅ……」

アイドラ様のお部屋から出た私は、自分の部屋に戻ってくる。

「まさかジャイロ達がここに来るなんて……」

正直、レクスのとんでもなさを侮っていた。

まさか危険を顧みずに城に潜り込んでくるなんて……

まぁ、嬉しくない訳じゃなかったけど……

あとモフモフの件も予想外だった。

とりあえずアイドラ様がかなり気に入ってるから、使いを出して少しだけ城に滞在させてもらう様に伝えておこう。

そして影武者用のゴーレムを持ってきた時に返せばいいかな。

まぁ……アイドラ様に甘やかされているモフモフは、帰るのを嫌がるかもしれないけれど。

アイドラ様はゴーレムの件もあってはしゃいでいたけれど、私はこれからの事を思うと憂鬱な気分になる。

「けど、レクスのゴーレムがあれば、アイドラ様の影武者の問題も大丈夫そう。お忍びゴーレムの方は何かやらかしそうだけど」

そう思うと、安心と共にちょっと心配にもなる。

けどまぁ、それはその時の私が考える事じゃない。

と、その時、ドアがノックされた。

けれどそれは隣にあるアイドラ様の部屋からじゃない。

もう一つのドアからだ。

そのドアからくるのは、影武者としての私に用がある人だけ。

「どうぞ」

返事が終わる前にドアが開く。

入って来たのは、私がよく知っている人だった。

「母様……」

入って来たのは、私の母だった。

そして、この人はこの国の密偵達の長。

レクス達には護衛と言ったけど、実際には密偵が正しい。

母様は何も言わずに懐から出した小さな宝石に触れる。

消音のマジックアイテムだ。

あれを使うとマジックアイテムの周囲2ｍより外に音が漏れる事はなくなる。

そんな物を使ったという事は、この話はアイドラ様に聞かせたくない話だ。

「メグリエルナ、儀式の日取りが決まったぞ」

「っ!?」

分かってはいた。けどやっぱりそれを言われると少しだけ動揺してしまう。

「一週間後だ、その日に準備が整う」

一週間、長いのか短いのか分からない時間だ。

「スマンな。お前には犠牲になってもらわねばならぬ」

「……!?」

驚いた、この人には親子の情なんて無いと思っていたのに。

こんな事を言われるとは思ってもいなくて、またしても動揺してしまった。

「分かっています。全てはこの国の為……ですね」

でも私のやる事には……やるべき事には変わりがない。

「そうだ、この国を、いや世界を救う為。お前には悪魔を封じる為の犠牲になってもらう。それが、王家の血を引くお前の使命なのだから」

「……はい」

そう、私の名はメグリ。でも本当の名は、メグリエルナ……メグリエルナ・テラ・シエラ・ティオン。

生贄になる為に生まれたその日から存在を消された王の娘、それが私の正体だった。

第144話　殉教者の決意

◆ノルブ◆

お爺様に呼ばれ、王都の教会へとやってきた僕は長い廊下を歩いていました。

「ノルブ様、高司祭様はこちらでお待ちです」

そういって、案内をしてくださった中級司祭の方が大きな扉の前で立ち止まります。

「ありがとうございました」

「もったいないお言葉です」

僕よりも上位の方が、まるで僕の方が格上であるかのように振る舞います。

「どうぞ。私はこれより先に進む資格がございませんので」

中級司祭の方が横に下がると、僕は扉を開きます。

そして中に入れば、そこは何もない非常に殺風景な部屋でした。

いえ、ただ一つだけ部屋には不自然なモノがありました。

「これが、試練の扉……」

そう、何もない部屋の奥には、今僕が入ってきた扉を越える大きさの扉があったのです。

その名も試練の扉。

この奥の部屋に入る資格を持つ者にしか開く事が出来ないとされる扉です。

「まさか、今の僕がこの扉に触れる事になるなんて……」

本来ならここにくるのはもっと後の筈だったのに……

けれど臆する訳にはいきません。

ここに呼ばれたという事は、そういう事なのですから。

僕は意を決して扉に触れます。

「くぅっ!?」

扉に触れた瞬間、身体中の力が抜けていくのを感じました。

「でもっ、即座に動けなくなる程のものでは……っ！」

ですがそれだけではありませんでした。

突然風が吹いたかと思うと、急に寒気に襲われたのです。

更に眩暈、動悸、吐き気、痺れと様々な症状が立て続けに発生しました。

「これは……毒!?」

これから症状と、そしてこの先自分が行わなければならない使命から自分の身に何が起きたのかを察します。

　先ほどの風、恐らくは通風孔から室内に毒が流し込まれたのでしょう。

「ミドルアンチドート！」

　急ぎレクスさんから教わった毒消しの魔法を自分にかけます。

「アンチドートボディ！」

　さらに持続型の耐毒魔法を発動させてこれ以上毒を受ける事を阻止します。

　そのうえで試練の扉を開ける手に力を入れました。

「こ、これは……キツいっ……ですね」

　耐毒魔法で魔力を消費しながら、扉に魔力を吸われるのは相当な負担です。

　ですが時間をかけては魔力が尽きるのが先なのは間違いありません。

　僕は魔力が完全に尽きる前に、全力で扉を押し開けます。

　すると扉がゆっくりとですが、鈍い音を立てて開き始めました。

　扉が開けば開くほど、魔力の喪失速度が加速度的に増えていきます。

　なんて嫌らしい仕掛けなんでしょう！

「あと……少し！」

　そして人一人が入れるだけの隙間が出来た瞬間、僕は滑り込むように室内へと入りました。

「はぁはぁ……っ！」

なんとか、入れました……もうすこし開くのが遅かったら力尽きていたところでした。

「聖別の部屋へようこそ、若き司祭よ」

「っ!?」

その声に私は跳ねるようにして体を起き上がらせます。

「下級僧侶ノルブ、参りました」

視線をあげると、そこには大きなテーブルに座った老司祭の姿がありました。

「私に御用でしょうか高司祭様」

この方こそ、この国の教会の最高司祭であらせられるヒディノス様であり、そして……。

「堅苦しいのう。昔のようにお爺ちゃんと呼んで良いのじゃぞ?」

「いえ、高司祭様にその様な不敬な発言は出来ませんので」

そして、私の祖父でもあるお方です。

これが、先ほど中級司祭の方が私に対し格上の存在として接していた理由です。

「やれやれ、固い奴だ。ここならば我らの会話を聞く事が出来る者もおるまいに」

そういう訳にもいきません。

「だがまぁ、その若さで扉を開く事が出来たのは素直に大したものだと思うぞ。よくもまぁそこまで成長したものだ」

珍しく、高司祭様が私を褒めてくださいました。

正直言って面食らってしまったほどです。

「それも良き出会いがあればこそです」

「ははっ、謙遜するな。どれだけ良い出会いにめぐまれようとも、お前自身が日々精進しなければそれ程の力を身につけることは出来なかったであろうよ。己の努力を認めてやれノルブよ」

そう高司祭様はおっしゃいますが、私がこれだけの力を得る事が出来たのもひとえにレクスさんの薫陶があればこそ。

そしてレクスさんの教えを受ける事が出来たのは、私達のリーダーであるジャイロ君がプライドを捨ててでも自らの精進を望んだからこそです。

本当に、良い出会いがあったのですよ、お爺様……ではなく高司祭様。

「さて、お前をここに呼んだ理由は分かるな？」

と、高司祭様が司祭としての顔に戻って私に問いかけます。

「勿論存じております」

その為に私はジャイロ君達と共に修行の旅に出ていたのですから。

「うむ、本来ならお前のお役目はあと数十年は先の予定だったのだが、沼の活発化が我々の想定を遥かに超えていてな……」

高司祭様の言うとおり、本来なら私のお役目はもっとずっと後の筈でした。

私が普通に修行を行い、普通に成長して、いつか試練の扉を開ける事が出来るだけの実力を身につけてからの筈だったのですから。

「ふっ、そう考えるとお前が予想以上に成長していた事は、不幸中の幸いだったと言える。それとも、お前の成長もまた神の思し召しなのかもしれぬな」

確かに、レクスさんとの出会いは神の奇跡としか言えない程の出来事でしたからね。

「ノルブよ、試練の扉を開けて資格を得た若き司祭よ。精霊様の祝福のもと、お前に使命を与える！」

高司祭様の言葉に私は膝をつき、覚悟と共に続きの言葉を待ちます。

「これより数日の後、活性化した腐食の大地を鎮める為の儀式を行いに王女が旅立つ。お前には王女が無事儀式の地へとたどり着ける様、その間の護衛を行ってもらう」

「聖なる使命、しかと承りました」

そう、これが私の使命。

生贄となるべく生まれたメグリエルナ姫を、儀式の場へ無事送り届ける為の片道の護衛。

帰路無き『殉教者』の使命なのですから！

◆ヒディノス◆

私の命を受けたノルブは、決意を込めた眼差しで聖別の部屋を出て行った。

「……はぁ。まさかあやつが扉を開けるとはな……」

　完全に想定外だった。

　どう甘く見積もっても、今のノルブでは扉は開けられる筈が無いと考えておったのだが……

　それさえ確認できれば、やはり時期が早すぎたのだと理由をつけて、別の実力者と代わらせる予定だったというのに……

「ウチの孫が有能すぎたばかりに！」

　ああ、なんという事だ！　なぜこうも儂の孫は出来が良いのだ！

　上司としては嬉しいが、祖父としてはちっとも嬉しくないわい！

「何が悲しゅうて可愛い孫を絶対死ぬと分かっている死地に送らねばならんのだ！」

　あのクソ真面目な孫の事だ。

　これが自分に与えられた使命、他の者を巻き込む訳にはいかないとか思っておるのだろう。

　そんな訳あるかい！　単にこの国の、腐食の大地がある国の最高司祭の孫に最悪のタイミングで生まれてしまったというだけの事だ！

「くそっ、それもこれもあの忌々しい沼地が急に活性化したからだ！」

　この国を蝕む腐食の大地は、数ある危険領域の中でも有数の危険地帯だ。

　他の危険領域の多くもそうだが、あの土地は文字通り周囲の大地を腐食する。

　そして広がってゆく。際限なくな。

危険領域にはそうした性質のあるものが多いが、毒という単純に人体に有害なものだけあって、その危険度は他の危険領域の比ではない。

だが手段が無い訳でない。

それが王家の人間による封印の儀式。

ノルブの仕事は、その儀式を行う王族を儀式の地まで護衛する事。

正しくは解毒魔法で腐食の大地と襲ってくる魔物達の毒から王族を守る事だ。

だがあの地の危険度ゆえに、同行する解毒魔法の使い手は相応の実力者でなければならん。

更に言えば、信頼のおける者でもなければならん。

最悪なのは、同行者はその役目の過酷さゆえに、絶対死ぬという事だ。

それ故に、お役目に同行する者達は『殉教者』と呼ばれる事になる。

「……ふんっ、何が『殉教者』だ！　要は人柱ではないか！」

そうだ、それを耳障りの良い言葉で誤魔化しておるだけだ。

「だが誤魔化しているのは儂も同じか……」

替われるものなら替わってやりたい。

だがそれが出来る程、儂の立場は安いものではなかった……

「おお神よ。どうか信仰心厚き我が孫の魂を慈悲深くお迎えくださいませ……」

高司祭の肩書きの何と無力な事よ。

この無能な老人が可愛い孫にしてやれるのは、ただ祈る事だけだった。

◆

「それじゃあ今日はアイドラ様に依頼されたゴーレムの材料を集めることにしようか」

「「「おーっ！」」」

今日の冒険に参加するのはリリエラさん、ジャイロ君、そしてミナさんの三人だ。

ノルブさんは教会でする事があるから、暫く戻ってこれないらしい。

「それで、どこに材料を集めに行くの？」

リリエラさんに促され、僕はテーブルの上に地図を広げる。

「ええ、冒険者ギルドで情報を集めていたら、ちょうどゴーレムの材料を集めるのに都合の良い土地があったんですよ。そこにはゴーレムの材料になる魔物が多く居て素材集めに最適なんです」

「へぇ、よくそんな都合の良い場所があったわね。それで？　その場所はどこなの？」

ミナさんが勿体ぶるなと僕を急かす。

「はい、場所はここです」

僕が地図の一箇所を指すと、皆が目を丸く見開く。

「レクスさんここって……」

地図に書かれた地名を見て、リリエラさんが掠れた声を上げる。

「はい、僕達が向かうのは、この国の西部にある危険領域……」

一拍を置いて僕は告げる。

「腐食の大地です！」

第145話　到着！　腐食の大地

◆リリエラ◆

私達はアイドラ王女のゴーレム作りの材料を集める為に、腐食の大地へと向かっていた。

全員が飛行魔法を使える事から、お金がかかるだけで遅い馬車は使わず皆で空を飛んで行くことにしたの。

ちなみに先頭は全体のペースを決める為に私が飛ぶ事になった。

レクスさんじゃ速過ぎるし、ジャイロ君じゃはしゃぎ過ぎて途中で魔力切れになるのは目に見えてる。

ミナも私達と比べたら魔法の扱いが上手いから、戦士である私がペース配分を決めることになったって訳。

あと、目的地までの道を調べたのが私ってのもあるんだけどね。

「腐食の大地は王都から南に馬車で約二週間、飛行魔法なら半分といったところね」

「へぇ、詳しいんだな、リリエラの姐さん」

とジャイロ君が感心したように言うけれど、先輩としてはちょっと言っておかないとね。

「冒険者ギルドの受付で、資料室の使用を申請すればこの程度の情報は簡単に集まるわよ？」

そう、自分の身一つが武器の冒険者は、情報収集も欠かしてはいけない。

パーティなら情報集めを専門に行う職業の仲間がいる事も珍しくないけれど、彼のパーティの情報収集役は今日ここには居ないのだから。

そして私達とジャイロ君達は別のパーティ、何かあった時の為に彼等も独自に情報を集めるのが冒険者として当然の備えだわ。

そこに考えが至らない辺り、まだまだ経験が足りないわね。

「い、いや……本読むのって苦手だからよう」

「メグリがパーティから抜けたんだから、リーダーである貴方が情報を集めるのが筋よ。読み書きが出来ない訳じゃないんでしょ？」

「お、おう！　ちゃんと文字は読めるぜ！」

「その辺は私達の方でちゃんと教えたわ。リーダーをやるなら、最低限読み書きはしてもらわないと困るものね」

ミナの言葉は正しい。

ならず者やはみ出し者が多い冒険者には、読み書きが出来ない人なんてザラだもの。

そして読み書きのできない冒険者を騙す依頼主も確かにいるのよね。

理由を作って不当な契約書を書かせたり、討伐対象の情報が口頭と依頼書で違ったりといった事も実は少なくない。

勿論そんな事を繰り返す依頼主はギルドのブラックリストに載って依頼を発注できなくなるんだけどね。

「初見の場所では何が起こるか分からないわ。これからはちゃんと自分で調べておきなさい。これは冒険者の先輩としての忠告よ」

「わ、分かっ……」

「分かりましたリリエラさん！」

と、何故かレクスさんが元気よく返事を返してきた。

「……レクスさんはまぁ……あんまり注意する必要ないと思うわ」

「え？　何でですか？　僕もジャイロ君達の同期で、リリエラさんの後輩ですよ？」

いやまぁ、そうなんだけどね……

レクスさんの場合、どんな予想外のトラブルでも力尽くで解決しちゃいそうで……

◆

「おっ!?　なんか見えて来たぞ!?　アレが腐食の大地ってヤツか？」

五日目の朝。

途中立ち寄った町や村で宿を取りながら進んできた私達は、地平線の向こうから紫色に染まった大地が見えてきた事に気付いた。

「意外に早かったわね。やっぱり飛行魔法だと障害物を無視して進めるから早いわね」

「でもそれにしては早いわ。まだ五日目よ？」

予定よりも二日も早いのは流石に気になるわね。

「単にオレ達が速過ぎただけなんじゃねぇの？　空飛んで来たんだぜ？」

「うーん、でも目的地を間違えないように、街道を常時確認出来るルートを選んで飛んできたのよ。だから最短距離って訳でもないのよね。そもそも一週間でも早いのに五日は流石に早すぎ……」

「けど実際に着いたじゃねぇか。ならそれで良いだろ？」

「うーん……」

ギルドの情報だと、まだ先の筈なんだけど……

「でもあの毒々しい色は普通の土地じゃないわ。だったら例の腐食の大地なんじゃないの？」

ミナの言うとおり、確かに普通の場所には見えないのよねぇ……

「じゃあさっさと行こうぜ！　そんでゴーレムの材料をパパッと集めちまおうぜ！　そしたらメグリのヤツも影武者なんかやらずに済むようになるだろ！」

「っ!?」

ああ、そうね。この子にとっては、そっちの方が大事な事よね。

「分かったわ。確かに早く着いちゃったものはしょうがないものね」

「へへっ、そういう事！　それじゃ行こうぜ！」

「ちょっと待った！」

「うぉぉっ!?」

ジャイロ君が腐食の大地へ向かって飛び出そうとしたその時、レクスさんからのストップがかかった。

「いきなり何だよ兄貴!?」

「ごめんねジャイロ君。けど皆腐食の大地に入るのは、これを装備してからにして欲しいんだ」

「「「装備？」」」

そう言ってレクスさんが差し出してきたのは、三つの首飾りだった。

「レクスさん、これは？」

レクスさんが用意したものだからただの首飾りとは思えないけれど……

「これは毒消しの首飾りです。これを装備すれば、弱い毒は全部無効化できますよ」

「「「毒消しの首飾りっ!?」」」

えっ!?　何それ!?　毒消し!?

「ドラゴニアでリューネさんにあげた物と同じですよ」

あー、そういえばそんな物渡していたようないなかったような……

あの時は龍姫の座を辞退する事しか考えてなかったからなぁ……

「まぁでも、そんな強力な装備じゃないので、飲まない下級万能毒消し程度に思ってくれれば」

「「「それもう『程度』じゃないから!?」」」

下級万能毒消しポーションでも十分凄かったのに、今度は同じ効果のマジックアイテムをポンポン出す時点でおかしいんだからね!?

っていうか、これがあったら下級万能毒消し自体いらないじゃない!?

「一体いつの間にこんな物を……」

「腐食の大地に行くと決めた日の晩に用意しておいたんですよ」

「「お弁当気分でマジックアイテムを作ったの!?」」

……いえね、レクスさんがとんでもないのは知っていたけれど、けどやっぱり出来ることの幅が広すぎるわ……

寧ろこの人は何が出来ないの!?

「毒消しのマジックアイテムなんて、どうやって作るのよ……こんな小さな首飾りにどうやって術式を組み込んだ訳!?」

あー、ミナが落ち込んでるし。

「おーっ！　こんな物まで作れるなんて流石は兄貴だぜ！　やっぱ兄貴は凄ぇなぁ！」

魔法使いじゃないジャイロ君は無邪気に喜んでいるけど、貴方がはしゃいで振り回してるソレ、多分金貨３０００枚くらいの価値があるわよ？　ううん、もしかしたらそれ以上かも……

「おーい、どうでも良いけどさっさと行こうぜ！」

そんな事を考えてたら、ジャイロ君が待ちきれない様子で私達を急かしてきた。

「あー、ごめんね。それじゃあ行きましょうか」

「ええ！」

「そうね。せっかく早く到着したんだもの。沢山素材を採取しないとね！」

私達は毒消しのマジックアイテムを首にかけると、腐食の大地へと降りていく。

はぁ、こうなったらもう、便利なアイテムを用意してもらえたと受け入れるしかないわね。

◆

「近くで見ると一層不気味な所ね」

地上近くまで降りてくると、腐食の大地の詳細な光景が見えてきた。

腐食の大地は、その名前こそ大地と呼ばれているけれど、実際には沼地になっていたの。

それも紫色の、明らかに毒に満ちた沼地だわ。

沼の表面にはポコポコと音を立てては大きな泡が弾けているし。

「なんか臭ぇなぁ」

ジャイロ君の言う通り、腐食の大地の空気はなんとも言えない臭気に満ちていた。

「……コレ、沼地から湧き出た毒の空気が周囲に充満してますね」

「毒の空気!?」

「ええ、多分この空気を吸うだけでも体に悪いですよ。まぁ弱い毒みたいなので、この毒消しの首飾りだけでなんとかなってるみたいですけど」

「……マジックアイテム用意してもらえて本当に良かったわ」

「激しく同意」

これ、下手したら自覚無しに死んでたんじゃない私達?

「腐食の大地は長時間滞在が出来ないって資料に書いてあったけど、毒の空気が原因だったのね」

これは予想以上に危険な場所かもしれないわね。

さすが実力者しか入る事を許されない危険領域だわ……

「危ない!」

「え?」

その時だった。

突然レクスさんが叫んだかと思うと、沼地の中から何かが私目掛けて飛びかかってきたの。

「はぁっ！」

突然の事に硬直してしまった私を、レクスさんの剣が守る。

「大丈夫ですかリリエラさん!?」

「っ!? え、ええ、大丈夫よ！　それよりも今のは何!?」

「あれを」

レクスさんに促されて沼地を見ると、私はそこに自分を襲ってきたものの正体を見る。

「あれは……魔物!?」

そう、そこに居たのはレクスさんの剣で真っ二つに切断された魔物の姿だった。

魔物はムカデのような姿をしていたけれど、その大きさは普通のムカデとは比べ物にならないほど大きかったわ。

「ジャイアントポイズンセンティピードですね。どうやらこの毒の沼地を住処にしているみたいだ」

「こんなのが沼の中に居るの!?」

完全に油断してたわ。

もし普通に沼地をかき分けて進んでいたら、毒とか関係なくこの巨大な顎で私の体は真っ二つに切断されていたんじゃないの？

いくら身体強化魔法で守りを強化できるとはいえ、四六時中発動させる事が出来る訳じゃないし……。

それこそ戦闘が終わって油断した所に視界がゼロの水面下で襲われでもしたら……。

飛行魔法が使えて本当に良かったわ……。

「コイツは普通のムカデと違って水の中でも長時間活動出来るので、沼地に潜んで獲物が近づいてくるのを待っていたみたいですね」

「隠れてって、一体どれだけの数の魔物がこの沼地に隠れているの？」

「……ええと、大小合わせておおよそ二千くらいですね」

「「にせんっ!?」」

恐らく探知魔法を使ったんでしょうけど、それにしても二千は多すぎだわ！

「普通の魔物でも数が多いのに、毒を持った魔物が二千だなんて、死にに来たようなものじゃない！」

「え？　でも毒消しの首飾りがありますし」

「「あっ」」

そうだった。私達は毒消しのマジックアイテムを装備してたんだった。

「ええと、それじゃあ……」

「空中を飛びながら沼地を移動して、飛び出してきた魔物の攻撃を受けないようにして戦えば良いと思いますよ」

「……」

そういえば私達空を飛べるのよねぇ。

って事は、高度さえ保っていれば毒を持った魔物もあんまり怖くない？

「あ、あれ？　おかしいわね。私達猛毒の魔物がひしめくSランクの危険領域に来た筈なんだけど」

「奇遇ね、私もそう記憶しているわ」

「はーっはっはっ！　喰らいやがれ魔物共！　俺様の正義の炎でこんがり焼けちまいなっ！」

見ればジャイロ君が高度を上げたり下げたりしながら魔物を挑発し、おびき出されて飛び出した魔物を切り裂いていた。

毒を受ける心配がないからって、すごく活き活きとしてるわねぇ。

「えーっと、私達もやる？」

「あー、うん。そうね」

気を取り直した私達もまた、魔物退治に参加する事にしたのだった。

◆

「しっかしよう、いちいち倒した魔物を回収すんの面倒だよなぁ」

魔物を討伐していたら、ジャイロ君がそんな事を口にする。

「え？　何で？」

「だってよ、下は沼地だし、放っておいたら沈んじまうじゃん？　だからすぐに取りに行かないと沼に潜らないといけなくなっちまうよ。コイツで毒が効かなくても、毒まみれになるのはちょっとなぁ」

あー、確かに言いたい事は分かるわ。

「それなら魔物が沼地に落ちる前に空中で魔法の袋に入れたら？　それなら毒の沼地を気にしなくて良いよ？」

レクスさんがさも当たり前のように真っ二つにした魔物を空中で魔法の袋に仕舞いこむ。

「いや、さすがにそれはちょっとハードルが高いぜ兄貴……」

「コツを掴めば簡単だよ」

いやいや、それは私も無理だと思うわ。ほらミナも頷いてる。

「そっか、それじゃあ沼地を浄化しちゃおうか」

「「「え？」」」

レクスさんの妙な発言に、私達は思わず聞き返してしまった。

「フルクリーンピュリフィケーション！」

「「へっ？」」

突然レクスさんが魔法を発動させたかと思うと、周囲が光に包まれていく。

「え？　何？　何？」

一体何をしたのかと身構えたけれど、すぐに光は沈静化する。

「な、何をしたのレクスさ……」

「ああああああっ!?」

何をしたのか、それを問おうとした瞬間、ミナの叫び声が響いた。

「今度は何!?」

「ぬ、沼！　沼がっ！」

「何？　沼がどうしたの？」

ミナの言葉に地上を見れば、そこにあったのはなんの変哲も無い普通の地面だった。

本当に普通の地面で、何を驚いているのか……あれ？

おかしいわね。私達は今腐食の大地に居る筈。

なのに普通の地面が見えた……？

「あれ？　沼どこ行った？」

そうだ、ジャイロ君の言う通り沼が無い。

そこにある筈の、腐食の沼が無くなっていた。

「レ、レクスさん？　一体何をしたの？」

私は自分の中の冷静さを総動員してレクスさんに質問した。

この状況は魔法を発動させたレクスさんに何らかの関係がある筈だから。

「はい！　毒の沼地に素材が沈むのが厄介なら、毒を浄化して普通の土にしちゃえば良いと思ったんです！　なのでちょっと広域浄化魔法で近隣の毒の沼地を浄化して普通の地面にしてみました！範囲はこの近辺だけだけど、これなら素材が沈む心配も無いですよ！」

「おおっ！　流石兄貴だぜ！　ってかこれ、以前ドブ掃除に使った魔法だよな！」

ドブ掃除!?　ドブ掃除に何の魔法を使ったの!?

「そうそう、よく覚えてたねジャイロ君」

「へへっ、そりゃあダークブロブを倒すようなドブ掃除を忘れる訳がねーよ」

ドブ掃除でダークブロブ!?　一体ドブ掃除で何があったの!?

「へへっ、地面もしっかり固まって足場の心配もねぇし、これなら毒の心配も無ぇぜ！　スゲェや兄貴！」

「いやいや、さすがに褒め過ぎだよジャイロ君」

ジャイロ君がレクスさんに尊敬の眼差しを送り、レクスさんはレクスさんで良い仕事をしたと言わんばかりの表情をしている。

って言うか、その……危険領域になるような毒の沼地がドブさらいに使う魔法で浄化されちゃって良いの？

「あっ、見てジャイロ君！　沼地に潜んでいた魔物が半分埋まった状態で固定されてる！　チャンスだよ！」

「おおっ！　マジだ！　……でもなんでアイツら半分だけ埋まってるんだ？」

「多分僕の魔法にびっくりして沼地から飛び出したんだけど、全身が出る前に沼地が浄化されて土になっちゃったのが原因かな」

「成る程な。コイツはラッキーだぜ！　なんせ相手は殆ど身動きできないんだからよ」

「だねっ！」

「おい二人共！　何呆けてんだよ!?　チャンスだぜ！　一気に狩りまくろうぜ！」

二人は無邪気にはしゃぎながら私達を急かしてくるけれど、私達はとてもそんな気持ちにはなれなかった。

「「……」」

「リリエラさん？」

「ん？　どうしたんだよミナ？」

私達の様子に気付いた二人が不思議そうに声をかけてくる。

うん、分かんないかー、分かんないよねー。

「……」

「……」

私とミナは互いに視線を交わして頷きあう。

そして二人に向き直ると叫んだ。

「「なんかもう！　色々と台無しよっ!!」」

もうこれ危険領域じゃなくて安全領域の間違いじゃない!?

第146話　猛毒の魔物達

「さて、素材も十分に集まったし、そろそろ帰ろうか」

　素材集めが一段落した事で、僕は皆に呼びかける。

「だなっ！　もう腹がペコペコだぜ！」

「素材も大分集まったし、しばらくは冒険者ギルドも腐食の大地の魔物素材は要らないって言いそうね」

「ふふっ、ありえるわね」

　みんなで談笑しながら空に飛び上がると、夕日で陰る腐食の大地の姿が見える。

「それにしても広いなぁ。どれだけ先まで広がっているんだろう？」

「確か隣の国まで拡がってる筈よ」

　隣の国まで!?　それは向こうの国も大変そうだなぁ。

「ん？　あれ？」

　と、その時ジャイロ君が地上を見て首を傾げる。

「どうしたのジャイロ君？」

「いやあの沼、元に戻ってねぇか？　ほら、あのでけぇムカデの魔物のところ」

「え？」

そう言ってジャイロ君が指差したのは腐食の大地と普通の地面の境目だった。

そのうちの腐食の大地側に、地面から木のように生えてビクビクと蠢いているジャイアントポイズンセンティピードがあった。

「あれってさっき兄貴の魔法で地面に固められた魔物だろ？　あの辺は兄貴の魔法で浄化されて普通の地面に戻ってる筈なのにまた沼になってるぜ？」

「あっ、本当だ」

言われてみればそうだ。

僕の魔法で地面に固定してしまったのなら、あのジャイアントポイズンセンティピードのいる辺りも普通の地面でないとおかしいもんね。

ジャイアントポイズンセンティピードが何度も体をウネらせてもがく。

すると地面がほぐれて来たのか、体が少しずつ地面から抜け出してくる。

そして何度も体を振り回しながら地面をほぐし続けると、ジャイアントポイズンセンティピードはようやく全身を露出する事に成功した。

そして体を沼地に沈みこませると、沼地の奥へ向かって逃げていったんだ。

「そう言えば、腐食の大地って魔獣の森と同じで周囲へ侵食するタイプの危険領域なのよね……」

とリリエラさんが思い出したように呟く。

「だとしてもこれは早すぎじゃない？　こんな速さじゃ数年と経たずに王都まで侵食してくるわよ？」

ミナさんの危惧する通り、確かにこれは早いな。魔獣の森よりも侵食速度が早いんじゃないかな？

「確か定期的に教会が腐食速度を抑える為の儀式をしているそうよ。具体的な内容は秘匿されてるらしいけど」

成る程、それでこの侵食速度でも国が慌てる様子がないんだね。

「けどさぁ、これ兄貴が手当たり次第に全部浄化して回ったら普通に解決しそうじゃね？　さっきまで普通に浄化出来てたし」

「「「……」」」

「いやいやいや、いくら何でもねぇ」

「言いたいことは凄く分からなくもないけど、流石に範囲が広すぎるわ。いくらレクスさんでもそれは流石にねぇ」

と、リリエラさん達がちらりとこちらを見てくる。

「そうだね。都市浄化用に作られたハイエリアピュリフィケーションだと半径数十メートルくらいが限度だから、この魔法で腐食の大地全土を浄化するのは現実的じゃないかな。腐食の大地がどのくらい広いか正確には分からないけど、隣の国にまで侵食しているくらい広いのなら、一箇所を浄化しているあいだに他のところから流れ込んできた沼地の毒で再度汚染されちゃうだろうからね」

「そっかー、兄貴ならパパッと解決出来ると思ったんだけどなぁ」

「ま、まぁ、流石のレクスにも出来ることと出来ない事があるわよね」

「そ、そうよね」

「さっ、暗くなる前に近くの町で宿を取ろう」

「「「はーい」」」

話を終え、僕達は来た道を戻っていく。

「確かもうちょっと先に村があったわよね」

「それよりもその向こうの町にしようぜ。そっちの方が良い宿がありそうだぜ？」

「そうね、村だと宿自体が無い可能性があるものね」

「うん、僕もそれが良いと思うよ。ゴーレムの素材に使わない分の魔物素材は冒険者ギルドで買い取ってもらわないといけないしね」

「あー、それがあったか。でもさ、この魔物素材で新しい装備とか作れねえの？」

と、ジャイロ君が腐食の大地で狩った魔物達の素材で何か作れないのかと聞いてくる。

「アンタねぇ、こないだドラゴンの素材で装備を整えてもらったばかりじゃないの」

「けどよぉ、兄貴ならなんかスゲーの作れるかもしれねーじゃん」

「気持ちは分かるけど、ドラゴンの素材より優秀な素材はそうそうないんじゃないかしら？」

「あー、そっか。そうだな。俺達の装備はドラゴンの素材を使った装備だもんな」

「なんかそう考えると、おとぎ話で勇者が最後に手に入れる伝説の装備をいきなり手に入れちゃった気分ね」

「なにせドラゴンの素材だものね」

「いや、そうでもないよ」

「「「え？」」」

僕の言葉に皆が振り返る。

「ドラゴンの素材は確かに良いモノだけど、ドラゴンの中でも格があるし、他のSランクに相当する魔物の中にはドラゴンに匹敵する、モノによってはドラゴンよりも強い魔物が居るんだ」

「「「ドラゴンよりも強い魔物!?」」」

「ドラゴンより強いってどんな魔物なんだよ!?」

「うん、溶岩と獣の王ボルカニックタイガー、氷雪と水の支配者タイダルフィシュー、風と稲妻の皇帝バングウイング、毒と瘴気の超越者ヴェノムビート、有名どころだとこの辺りかなぁ」

「ってそれ、神話の存在なんじゃない!?　いくらなんでも冗談でしょ!?」

「ううん、冗談じゃないよ。彼等は実在する存在だよ」

そう、彼らは実在する本物の魔物だ。

まぁ基本人里に現れる事はない……って言うか、普通の人間は彼らの生息域で暮らす事なんてできないからね。

「マ、マジかよ……マジで神話の魔物が存在するのかよ……」

いや、確かに珍しいけど、神話って言う程……ああそうか。

今の時代じゃ彼等は人間の前にあまり姿を現さないのかもしれないね。

なにせエンシェントプラントやバハムートが伝説の魔物扱いされているくらいだし。

前世や前々世じゃ彼等の素材を求めて秘境に行く人達が多かったから、ある程度賢い魔物達は人間と関わるのが面倒になって巣の場所を変えたのかもしれない。

「っていうか、何故そんな魔物の存在をレクスさんが知っているのかの方が気になるんだけど……」

……それについては黙秘を貫くとしようかな。

と、そうこうしていると、目的の町が見えてくる。

「町が見えてきたね」

「やっとだぜ！　早くメシにしようぜ！」

「それよりも素材の買取りでしょ？」

「時間的に宿を取った方が良くない？　買取りは明日の朝にして」

一日中狩りをしていたからか、さっそく皆の意見が分かれてしまう。

「うーん、それなら手分けしてやろうか。宿を取る組と素材買取りを頼む組で分かれてさ」

「そうね。それが良いと思うわ」

「おっしゃ！　俺素材を売る組な！」

「じゃあ私は宿を取る組ね」

「僕の魔法の袋は僕専用だから、素材買取り組かな」

「じゃあ私とミナが宿を取る事にするわ」

「お願いしますリリエラさん」

「おっしゃ！　それじゃあ早速買取り頼みに行こうぜ兄貴！」

全員の役割が決まると、僕達は町の手前の街道へと降りていった。

◆

「な、何ですかこの大量の魔物素材はっ!?」

この町の冒険者ギルドを見つけた僕達は、早速素材の買取りを頼んだんだけど、ちょっと数が多すぎたのか受付の人に驚かれてしまった。

「すみません、ちょっと狩り過ぎちゃいました」

「か、狩り過ぎたって、これ腐食の大地を縄張りにしている魔物の素材ですよね!?　全部猛毒を持ったとんでもなく危険な魔物じゃないですか!?　どうやったらこれだけの数を退治する事が出来るんですか!?」

いや、ジャイアントポイズンセンティピードは大した毒を持ってないんだけど。

「こ、これはインフェルノスパイダー!?　それにこっちはペインニードル!?　ああっ!?　マーダースパイクまで!?」

「お、おい聞いたか!?　インフェルノスパイダーだと!?　あの灼熱毒の魔物を狩ってきたのかよ!?」

「ペインニードルっていやぁアレだろ？　沼地の底に隠れてて、人が近づいたら鉄板を貫くほど頑丈な毒針を刺してくるってヤバい魔物だろ？　しかも刺されたら余りの苦痛でのた打ち回るっていう……」

「マーダースパイクとか初めてみたぞ。全身毒針の付いた棘付きの甲羅に覆われた頑丈な毒亀をどうやって倒したんだ!?」

「「それもあんなに大量に!?」」

あれ？　おかしいな……受付の人も冒険者さん達も妙に驚いているんだけど……

「ふっふーん、そうだろそうだろ」

そんな中、何故かジャイロ君だけは自慢げな様子だった。

「はっ！　そういえば聞いた事がある！　なんでも王都の冒険者ギルドで、とんでもない毒消しが売られるようになったとかいう話だ！」

ん？　王都の冒険者ギルド？　なんだか既視感を覚える話が……

「何だって!?」

「その毒消しはあのインフェルノスパイダーの猛毒をも解毒する凄い毒消しらしい」

「いや、それって普通のインフェルノスパイダー用の解毒剤じゃねーのか？」

「いや、なんでもその毒消しはどんな毒にも効果のある万能毒消しらしい」

「「万能毒消し!?」」

ええと、僕が教えた下級万能毒消しとは別物なのかな？

「おいおい、マジかよ。そんな毒消しがあったら他の毒消し要らねーんじゃねぇの？」

「落ち着けって、仮にそんなものがあったとして、高くてとてもじゃねーが手が出ねぇよ」

「そ、それもそうか」

「いや、それがどうもかなり安くて、普通の毒消しと比べてもそこまで暴利じゃないらしいんだ」

「マジで!?　そんな毒消しあったら俺だって買うぜ!?」

「インフェルノスパイダーの猛毒を解毒する万能毒消しか……実在するならぜひ欲しい所だな。腐食の大地が近いこの辺りじゃ、万が一の為に持っておきたいところだぜ……」

「「だな」」

うーん、なんであの人達はインフェルノスパイダー程度の毒にそこまで怯えているんだろう？

あの魔物の灼熱毒は確かに苦しいらしいけど、下級万能毒消しで十分治療できる程度の毒だ。普通の解毒魔法でも治療できるし、なんなら魔物毒用の免疫薬をあらかじめ飲んでおけば、それで済む程度の毒なのになぁ……

「あっ、そうか！　そういう事か！」

そこで僕は大事な事に気付いた。

「成る程、突然変異だね」

魔物に拘わらず、自然界の生き物は突然変異で本来のその種族とは全く違った特性を持ったものが生まれる事がある。

同時に、突然変異は本来の特性をより強力にしたものが生まれる事もあるんだ。

つまり、冒険者さん達が話しているインフェルノスパイダーは、毒性がより高くなった突然変異なんじゃないかな。

実際、前世の僕が死んでからかなり経っているみたいだし、たまたまこの辺りに生息するインフェルノスパイダーが、僕の知っている時代のインフェルノスパイダーを遥かに超える猛毒を持つようになっていてもおかしくはない。

「成る程成る程、それは盲点だったよ」

となると、冒険者さん達の話している万能毒消しは、僕の提供した下級万能毒消しのレシピとはまた別のものなんだろうね。

「それにしても、突然変異で特性の強化された魔物が居るのか。気を付けないといけないね」

おそらくだけど、腐食の大地の影響もあるのかもしれないね。

うーん、受付の人の驚き方を考えると、他の魔物も腐食の大地の影響を受けて毒性が強化されているのかもしれない。

これは今後の毒対策にはより一層の注意が必要だね。

「……」

と、僕が気を引き締めていたら、何故かジャイロ君が無言で僕を見つめていた。

「あれ？　どうしたのジャイロ君？」

「……いや、なんか兄貴が妙な勘違いをしている気がしてさ」

んん？　おかしな事を言うジャイロ君だなぁ？

第147話　幕間　王女様のナイト?

◆刺客◆

昨今ティオン国で立て続けに起こっている騒動を好機と見た上層部によって、アイドラ王女の誘拐を命じられた。

俺はこのティオン国から国一つ離れた場所にあるレベリオ国の特殊部隊員だ。

窓から部屋に侵入した俺は、明らかに貴人の居室と分かる部屋を見回す。

（ここが第一王女の部屋か）

今のティオン国は幾多の騒動の対処と後始末に追われて人材が不足している。

表向きは早期に解決し、混乱は生じていないと発表されているが、ドラゴンやベノムヴァイパーの襲来、更には騎士団のクーデターなどが起きたのだ。

間違いなくこの国は弱っている筈。

そこに王女の誘拐とあっては、ティオン国の国際的な名声は地に落ちるだろう。

そしてティオン国と仲の悪い隣国が今が好機と侵略戦争を始めれば、ティオン国側も王女を誘拐したのは隣国だと考え本気で反撃をするだろう。

そうすれば我が国は安全な場所から両国が疲弊するのを眺めているだけでよい。

あとは頃合いを見計らってティオン国に打診し、協力を提案する。

そうすれば隣国はわが国とティオン国に挟み撃ちに合う訳だ。

結果、我が国は最小の被害で隣国に勝利する事が出来る。

あとはティオン国と共に隣国の国土の割譲会議をする事になるが、そこで誘拐したアイドラ王女を隣国の貴族から救出したと説明すれば、ティオン国は勝手に恩義を感じて国土の大部分を我々に譲るだろう。

全く以て美味しい話だ。

この任務に成功すれば、俺は爵位と共に隣国の土地を与えられる事が決まっている。

危険だからこそ、褒美も大きいと言う訳だ。

俺は部屋の中を慎重に見まわす。

上司から与えられた気配消しと静音の魔道具のお陰でここまで来ることが出来た。

隣の部屋にいるであろう護衛にも気付かれていない。

だが室内に護衛が隠れていたら魔道具の効果も無意味となる。

だが室内に感じる気配はベッドで眠る王女のモノが一つだけ。

室内に怪しい影は……

（ん？　なんだアレは？）

テーブルの上を見ると、そこには白い球体状の毛玉が乗っていた。

一瞬王女のペットかと思って焦ったが、よく考えるとこんなふざけた姿の生き物がいる訳がない。

恐らくはぬいぐるみだろう。

俺はぬいぐるみを無視して王女が眠るベッドに近づく。

やる事は簡単だ。万が一王女が起きないよう、強い眠り薬を飲ませる。

袋に詰めて窓から運び出し、待機している仲間と合流して脱出し、手を組んでいるティオン国の反国王派の貴族の屋敷に向かう。

この時間帯だと王都の出入り口で大門が閉まっている為、外に出る事は出来ない。

だが朝になるまで待っては王女が誘拐された事に気付かれてしまう。

だから俺達は王都に巣食う裏組織の手を借りて地下下水道から外に出る手はずとなっていた。

そして近くの森に隠してある貴族の馬車に乗って国境を越えれば俺達の勝ちだ。

貴族の馬車を止める事が出来る奴なんて王家ぐらいのものだが、王家が事に気付く前に俺達の乗る馬車は遠く離れている。

更に町に着くたびに手配しておいた馬車を乗り換えれば、いくらでも馬を全力で走らせる事が出来る。

まぁ全力で走らせ続けた馬は使い物にならなくなるだろうが、どうせこの国は亡びるんだ。馬の数頭使い物にならなくなったところで問題はないだろう。

そして王女の眠るベッドに近づいたその時だった。

(っ!?)

突然足元に何かが触れた。

俺は慌てて後ろに跳び退る。

(護衛か!?　ベッドの下に潜んでいたか!?)

すぐに毒を塗ったナイフを抜いて敵の姿を捜す。

(居ない!?)

しかし王女の傍に人の姿はない。

(どこに……ん?　あれは!?)

見れば先ほどまで俺の居た場所には白い毛玉が転がっていた。

まさかと思ってテーブルを見れば、そこに乗っていた筈のぬいぐるみの姿が無くなっている。

(ちっ、そういう事かよ)

どうやらテーブルの上のぬいぐるみが転がって俺の足元に触れたみたいだ。

あの丸さだ、何かのはずみで勝手に転がったんだろう。

ぬいぐるみに驚かされた事で羞恥心を刺激された俺は、一体どんなはずみでこれが転がったのかを考える事を失念していた。

それが俺の人生を結論付ける決定的な失敗に繋がるとは気付かずに。

（このやろう！）

ぬいぐるみを思いっきり蹴とばしてやりたい気持ちに駆られた俺だったが、そんな事をして音を立ててしまったら目も当てられない。

これ以上邪魔をされないように軽くぬいぐるみを蹴とばして部屋の隅に転がすと、再び王女のベッドの傍に戻って来た。

（無駄な時間をかけちまったな。急いだほうが良さそうだ）

懐から眠り薬を取り出し、王女の顔に近づけようとしたその時、再び足に何かが当たった。

しかも今度は明らかに動いている。

（っっっっ!?）

今度こそ護衛が現れたかと慌てて後ろに跳び退ったその時、俺は見た。

あの白い毛玉の姿を。

（蹴とばした筈!?　壁に当たって戻って来たのか!?）

またしても俺を驚かせた毛玉に強い怒りがこみ上げる。

（この俺に恥をかかせやがって！）

誰に見られた訳ではないが、このような醜態を二度も晒してしまった事に対して怒りがわかない訳が無い。

（王女に眠り薬を飲ませたら、絶対ナイフで引き裂いてやる！）

そう決意しながら立ち上がろうとした俺だったが、何故かバランスを崩して再び倒れてしまった。

更に足から熱と鈍い痛みが走る。

（何だ……っ!?）

自分の足元を見れば、何かでぐっしょりと濡れている事に気付く。

ぬるりとした感触、間違いないこれは血だ。

そして血に触れると、その奥の肉に痛みが走る。

（何だ？　何が起きた？　敵は……居ない。なのに何故俺は怪我をしている!?）

訳が分からない。

王女を守る護衛ならばとっくに姿を現して俺を捕縛している筈だ。

（なのに何故姿を現さない!?）

誰だ!?　どこにいる!?　何が目的だ!?

答えの出ない疑問に焦燥を募らせる俺の目の前に、それはゆっくりと姿を現した。

（お前が……っ!?）

それは、さっきの白い毛玉のぬいぐるみだった。

だがそれはぬいぐるみなどではなかった。

小さな足を動かし、目玉は明らかに俺を見つめている。

そう、コイツは生き物だったのだ。

（……っ）

だが何よりも俺を恐れさせたのはそいつの口だった。

そいつの口は、俺の血で真っ赤に染まっていたのだから。

「ひっ!?」

無意識に悲鳴を上げてしまった俺は、慌てて自分の口をふさぐ。

静音の魔道具は足音を消す程度の効果しかない。大声を上げてしまったら終わりだ。

ヤバい、この生き物はヤバい！　何か分からないが、これ以上コイツに関わるのはヤバい！

足の痛みで立ち上がる事が出来ない俺は、這いずってでもそいつから逃げ出そうとした。

だがそいつは驚くべき速さで俺の前に立ちふさがると、ニヤリと笑みを浮かべた。

そう、笑ったのだ。

「キュフゥ」

そして真っ赤な口が開いた。

「う、うわぁぁぁぁぁぁぁぁっっ!!」

◆メグリ◆

「何!?」

深夜、突然アイドラ様の部屋から男の悲鳴が響いた。

今の声はレクスでもジャイロでもノルブでもない。まさかこの大変な時期に賊!?

反射的に枕元の短剣を手に取ると、私はアイドラ様の部屋に繋がる扉に手をかける。

「アイドラ様!!」

緊急時ゆえ許可も取らずに室内に飛び込むと、そこには一人の男が口から泡を吹いて倒れていた。

「え？」

私は何もしてない。なのに男が倒れている。

まさかアイドラ様が？　と思ったんだけど、アイドラ様はベッドで眠っているから違うみたいだ。

「どうなさいましたアイドラ様!?」

同じように護衛がアイドラ様の部屋に飛び込んでくる。

護衛は灯りで室内を照らし、倒れた男を発見する。

「これは!?」

そしてすぐに私の姿に気付くと、彼等は敬礼してくる。

「メグリエルナ殿が賊を捕らえてくださったのですか!?」

「え？　いや違……っ!?」

違う、そう言おうとした私は、テーブルの上に居るそれに気付いて言葉を止めた。

そこには、真っ赤にした口でアイドラ様から貰ったお菓子を食べるモフモフの姿があった。

「……そういう事」

全てを察した私は、モフモフに気付かれないようにそっとテーブルの前に回り込む。

流石に王女の部屋に賊をたった一匹で制圧できる魔物の子供がいるとか、バレたら大変なことになる。

「賊は捕らえましたが床が汚れてしまいました。すぐにメイド達に代わりの絨毯を持ってくるように伝えてください」

「はっ！」

衛兵達が男を縛り上げて連行すると、私はモフモフを綺麗にすべく抱える。

「一応、貴方にはお礼を言うべきかな」

「キュウ？」

お菓子を食べるモフモフは何の事？　と言いたげに首を傾げ、いや首は……無い？

さて、メイド達がやってくる前にこの子を隣の部屋に連れて行かないと。

部屋を出る直前、私は目覚めることなく眠り続けるアイドラ様に視線を向けた。

「この騒動でも眠れるなんて、大物なのか危機感が無いのか……」

うん、大物だという事にしておこう。

「おやすみなさいアイドラ様」

翌日、アイドラ様を賊から守ったとして私は陛下と母様から褒められていた。

「よくぞアイドラを守ってくれた、礼を言うぞメグリエルナよ」

「い、いえ……」

「賊はいくつもの貴重な魔道具を持って衛兵や隠密部隊の目を欺いていました。にも拘わらず見事アイドラ様を守るとは……よくぞ成長しましたね」

母様は感極まった様子で私の頭を撫でる。

まさか自分の母親がここまで感情を見せるとは思わず、ちょっと面食らってしまった。

「本当に、素晴らしい子に育ってくれました」

「うむ、本当にな……」

「は、はぁ……」

ただ、感動する大人達とは裏腹に、これを成したのが自分ではないと言えない事がどうにもモヤモヤする私だった……

十三章前半おつかれ座談会・魔物編

<table>
<tr><td>インフェルノスパイダー</td><td>(･ω･) ノ「どうも、やべー毒持ちで冒険者に恐れられていました（過去形）」</td></tr>
<tr><td>試練の扉</td><td>|･ω･|「どうも、多分８巻で一番主人公の仲間を苦戦させました」</td></tr>
<tr><td>インフェルノスパイダー</td><td>Σ(ι´Дン)ノ「お前魔物枠なの !?」</td></tr>
<tr><td>試練の扉</td><td>|･ω･|「オプションで魔力吸収や毒なんかもありますよ」</td></tr>
<tr><td>インフェルノスパイダー</td><td>Σ(ι´Дン)ノ「試練なのに殺意が高すぎる！」</td></tr>
<tr><td>試練の扉</td><td>|･ω･|「更に眩暈動悸吐き気咳関節痛も完備です」</td></tr>
<tr><td>インフェルノスパイダー</td><td>_(:3」∠)_「風邪かな？」</td></tr>
<tr><td>ジャイアントポイズンセンティピード</td><td>└(┐Lε:)┘「どうも、チンアナゴですピチピチ」</td></tr>
<tr><td>ペインニードル</td><td>└(┐Lε:)┘「どうも、チンアナゴ２号ですピチピチ」</td></tr>
<tr><td>マーダースパイク</td><td>└(┐Lε:)┘「どうも、チンアナゴ３号ですピチピチ」</td></tr>
<tr><td>試練の扉</td><td>|･ω･|「oh……出番すらなく狩られた方々が……」</td></tr>
<tr><td>ジャイアントポイズンセンティピード</td><td>_(:3」∠)_「体を固定されて狩られるとかないですわー」</td></tr>
<tr><td>ペインニードル</td><td>_(:3」∠)_「ねー」</td></tr>
<tr><td>レベリオ国の刺客</td><td>(((@ω@)))「白くて丸いの怖い白くて丸いの怖い」</td></tr>
<tr><td>インフェルノスパイダー</td><td>_(:3」∠)_「ヤツと出会って食われなかっただけ運が良いよ君」</td></tr>
</table>

第148話　お姫様冒険者デビュー！

「アイドラ様、ゴーレムが完成しました！」

「え？　もうですか!?」

アイドラ様に依頼されたゴーレムが完成したから、さっそく転移門を使って王都まで届けに戻って来たんだ。

ちなみにジャイロ君は腐食の大地の近くにある町でお留守番している。

あの町の冒険者ギルドに頼んだ魔物素材の査定がまだ終わってないいんだよね。

量が多くてとても人が足りないからしばらく待ってほしいって言われちゃったんだ。

だから待ち時間の間に作っていたゴーレムを、僕だけで納品に来たんだ。

「ええと、頼んでからまだ十日も経っていないと思うのだけれど……？」

突然来た僕に、アイドラ様はモフモフを抱きかかえた姿勢で目を丸くしている。

あっ、最近姿を見ないと思ったらこんな所に居たんだね。

てっきりご近所の人達からご飯を貰って回ってるのかと思ってたよ。

「ギュプウゥ」

……それにしても、ちょっと見ない間に随分と太ったなぁモフモフ。

よっぽど良いものを食べさせてもらってたのかな？

後でダイエットさせなきゃ。

「ゾキュゥッ!?」

っとと、いけないいけない。今はアイドラ様の相手が先だ。

「決戦用の戦闘用ゴーレムや完全に人間に偽装させるようなものではなく、外見だけ人間に見せかけるゴーレムならそう時間はかかりませんよ」

「けっせん……？　ええと、良く分からないけれど、そういうものなのね？」

「はい！　といっても完成したのはお忍び用のゴーレムだけですが。身代わり用のゴーレムはこのゴーレムを使ってもらう事で、アイドラ様の使い方に合わせて念入りに調整する予定です」

「ドレスの仮縫いみたいなものね。ええ、分かりました」

流石に王族としての教育を受けているだけあって、アイドラ様は察しが良い。

すぐに僕の意図を理解してくれたみたいだ。

使い手と違う姿をしたゴーレムは、どうしても本来の肉体とはバランスが違う事があるからね。

大抵の人はたいして気にしないものだけど、本来の体と体格が大きく違うと上手く動けなくなるし、微妙な誤差が気になってしまう神経質な人はいるものだ。

そしてアイドラ様は王族だから、その辺りは最大限に注意したほうが良い。

でもゴーレムの調整をドレスの仮縫いに例えるなんて優雅だなぁ。

僕は魔法の袋からゴーレムを取り出す。

「これが私のゴーレム……」

取り出したゴーレムはアイドラ様と関連付かないように、髪の色は金色にして、見た目も変えてある。

あんまり肉体年齢を変えると外での活動に支障が出るから、ちょっとだけ年上風にしてある。

「素晴らしいわ！　これなら私が外に出ているとは誰も気付かないわね！」

ゴーレムの外見がお気に召したようで何よりだよ。

ちなみにこのゴーレム、前々世だと婚約が決まった貴族の顔合わせ用に使う事もあったんだよね。

何でそんな事に使ったかって？

例えばだけど、とある貴族の婚約が決まったのだけど、婚約相手の住む土地が遠かったりして現地に行くのに時間がかかる場合とかだね。

そういう時はゴーレムを現地に運んで代わりに顔合わせをしていたんだ。

……まぁそういった使い方とは別に、ひどい時は本人とは思えない程に美化したゴーレムを自分と偽って顔合わせをさせることもあったりするんだけどね。

それをやられた前々世の知り合いの貴族が騙されたーっ！　って叫んでいたっけ。

うん、貴族の世界は怖いね。

「そしてこちらがアイドラ様専用のゴーレムコントローラーです」

僕はアイドラ様にゴーレムを操作する装備を差し出す。

「あら、この間使ったものと比べると、随分とデザインが違うのですね」

アイドラ様が言う通り、ゴーレムのコントローラーは以前のものよりも薄く軽く細くして、更に装飾を施す事でアクセサリーに見える様になっていた。

ゴーレムの視界を映す板型の水晶板は、弧を描いた形状に変更し、使わない時は上にズラしてティアラの様に使えるようにしてある。

「頭に被った後でこの水晶板を下げると、魔力が同期してゴーレムが動き出します。基本的にアイドラ様が思うだけでゴーレムは動きますので、アイドラ様自身が動く必要はありません」

この辺りは遠隔追尾魔法の応用技術だ。

「ええと、思うだけで……」

水晶板を下ろしてアイドラ様が操縦を始めると、目の前のゴーレムが動き出す。

「動いたわ！」

「ちょっと失礼しますね」

僕はアイドラ様のゴーレムの腕に触れる。

「……え？」

するとアイドラ様はびくりと体を震わせ、水晶板を上にあげて自分の腕を見る。

「今、私の腕を触りましたか?」

「いいえ、僕が触ったのはゴーレムの腕ですよ」

「え?　でも今!?」

「このゴーレムには、人間と同じで五感を感じる事が出来るようになっているんです。なのでこうやって起動しているゴーレムに触るとアイドラ様にもその感覚が伝わるんですよ」

「ゴーレムって凄いのねぇ……」

感覚の無かった前回の簡易ゴーレムとは違う、専用ゴーレムは文字通りもう一つの体だ。その感覚が楽しくてたまらないらしいアイドラ様は、操縦を再開するとそこら中を触れては感触が伝わるのを楽しんでいた。

「ではさっそく外へ出かけてみましょうか」

「え?　良いのですか!?」

いやいや、その為のお忍び用ゴーレムなんだけどね。

「ゴーレムの運用訓練も必要ですからね。どこか行きたい場所はありますか?」

「行きたい場所……」

「ええ、どこでも良いですよ」

何処に行きたいかと尋ねると、アイドラ様は少し考えた後に答えを出した。

「レクス様、私行ってみたいところがあります！」

◆

「凄いわ！　私王都の外に居るのね！」

アイドラ様の希望を聞いて、僕達は王都周辺の森へとやって来ていた。

けれど、僕達が森にやって来たのはただ森へ行きたいからじゃあない。

「これから私、冒険者としての冒険を始めるのね！」

そう、僕達は冒険者としての依頼を果たす為に森へ来ていたんだ。

何故そんなことになったのかというと、それはアイドラ様の希望が原因だったからだ。

あの後アイドラ様は僕にこう言った。

「レクス様、私冒険者になって冒険したいわ！」

まさかの要望には驚いたけれど、彼女が冒険者になりたい理由を聞いて僕は納得した。

「……メグリエルナのね、あの子の真似がしてみたいの。私と違って外に出る事を許されていたあの子が何を考えて冒険者になったのかを。そしてどんな気持ちで冒険をしていたのかって」

そうだよね、王女であるアイドラ様はその立場故に自由に外に出る事なんてできない。

けれど同じ顔をした影武者のメグリさんは自由に外に出られる。

その事実に思うところがあってもおかしくはないか。

「それにあの子、凄く楽しそうだったのよ！　ズルいわ！　私も冒険者になって冒険がしてみたいわ！　ううんするわ！　するのよ！」

うーん、あんまり暗い感情はなさそう。

え？　僕が冒険者になった時の様に、試験官が試験をしなかったのかって？

うん、それについては僕もどうしたもんかなと思ったんだけど、そこはギルドの受付嬢さんが協力してくれたんだよね。

なんでも……

「大丈夫ですよ。平民に扮した貴族のご子息達が冒険者ごっこをしたがるのは、稀によくありますので。保護者になってくださる方がいらっしゃるのなら、特別に許可をお出ししますよ」

との事だった。

それにしても、稀なのかよくあるのかどっちなんだろう？

というか、よくあるって部分に力が入っていたような気が……

うん、あんまり深く考えない方がよさそうだね。

ともあれ、そんな訳でアイドラ様は無事冒険者になれたんだ。

「それでは冒険を始めましょう！」

アイドラ様は興奮を隠す事も出来ずに僕を急かす。

「とりあえず依頼は薬草採取です。途中魔物が襲ってくる危険がありますから、注意を怠らない様にしてくださいねアイドラ様」

「分かってるわ！　ちゃんと武器もあるものね！」

そういってアイドラ様は腰の剣を抜いて天にかざす。

ちなみに彼女が今身につけている装備は僕が昔作ったものだ。

今のアイドラ様はお金を持っていないからね。

「ああそれと、私の事はドーラと呼んで」

「え？」

「私の名前。この姿ではドーラと名乗る事にするわ」

ああ、唐突に言われて何事かと思ったけど、成る程ゴーレム用の偽名だね。

確かにこの姿のアイドラ様を名前で呼んでいたら、このゴーレムがアイドラ様のお忍び用のゴーレムとバレちゃうからね。

「分かりましたドーラ様」

「敬語も無しですよ。私はただの平民のドーラなのですから。貴方の事も同じ平民仲間としてレクスと呼ばせてもらいますね」

「分かり……分かったよドーラ」

正直、アイドラ様の立ち振る舞いは洗練され過ぎていて、とても平民の振る舞いには見えないいんだけどね。

「では冒険開始よ！」

◆

「ドーラさ……ドーラ、あそこにも薬草があるよ」

森に入った僕は周囲を警戒しながらアイドラ様に薬草がある場所を教えてゆく。

「分かったわ！」

「ふーっ、薬草って結構沢山あるのね。もっと貴重なものかと思っていたわ」

「高価なポーションに使う薬草は確かに貴重だけど、下級のポーションに使う薬草は割と多いんだよ」

「成る程、そうなのですね」

ポーションの種類について教えると、アイドラ様は感心するあまりうっかり元のお嬢様口調に戻ってしまう。

普段と違う口調で喋ろうとすると大変だよね。

「けれど、ちょっと肩すかしね」

「肩すかし？」

何か不満があったのかな？

「ええ、冒険者と言えば、魔物と戦うものでしょう？　けれど私達は一体も魔物と遭遇していないわ」

あーうん、それは僕が探査魔法で周囲の魔物の位置を完全に把握しているからです。

アイドラ様の薬草採取の邪魔にならない様に、魔物の居ない場所を移動していたんだよね。

でもそれじゃあアイドラ様の気が済まない訳だ。

まぁ、僕もその気持ちは分かるけどね。

「確かに新人冒険者たる者、一度ぐらいはゴブリンと戦ってみたいだろうからね」

うん、それじゃあ探査魔法の反応にある弱めの魔物のもとに行ってみようかな。

「ドーラ、場所を移動しようか」

「ええ、分かったわ！」

さぁ、それじゃあ華麗なる王女様のデビュー戦だ！

◆

「ゴアァァァッ!!」

「キャアッ!?　な、何あれ!?」

僕達が遭遇したのは、ゴブリンだった。

人間の半分ちょっとくらいの身長に粗末な衣服。

手にした剣は戦場で拾ったのかボロボロだった。

「あれはゴブリンだね」

「あ、あれがゴブリン……」

アイドラ様は初めて見るゴブリンの姿に腰が引けているみたいだ。

「ドーラ、そのゴーレムは五感を伝えてくれるけど、痛みはほとんど伝えない様に設定してあるから攻撃を受けても大丈夫だよ!」

「そ、そうね。この体はゴーレムなんだものね」

アイドラ様はゴブリンと向き直ると、剣を構える。

「モフモフ……基本手を出しちゃだめだけど、いざとなったらアイドラ様を守るんだよ」

僕は後ろでこっそりとモフモフに指示を出す。

いくら頑丈なゴーレムの体とはいえ、魔物に襲われる体験をしたら心に傷が残っちゃうからね。

「キュップゥ」

モフモフが任せておけと胸を張る。

「よぉーし！　覚悟ぉーっ！」

そしてアイドラ様が気合を入れてゴブリンに向かっていった。

「ゴアァァァアッ！」

「キャアアアッ！」

けれどゴブリンの雄叫びに怯えてあっさり戻ってきてしまった。

うーんお姫様だなぁ。

「レクス、あの人すごく怖いわ！　メグリエルナはいつもあんな恐ろしい魔物と戦っているの!?」

「えーと、まぁ……」

これは困った。アイドラ様は本当に純粋培養されたお姫様みたいで、とてもじゃないけどゴブリンとは戦えそうもない。

これは冒険どころじゃないなぁ。

「よし、こうなったら最後の手段だ！」

「何かいい手があるの？」

「うん、まずゴブリンに手の平を向けて」

「こうかしら？」

アイドラ様は僕の指示通りゴブリンに手の平を向ける。

「次にこう言うんだ。フレイムインフェルノ！」

「フ、フレイムインフェルノ！」

次の瞬間、猛烈な炎がアイドラ様の手から迸り、ゴブリンを飲み込んだ。

「えっ!?」

炎はゴブリンだけでなく、周辺の木々をも飲みこんでゆく。

「おっとコキュートスピラー！」

僕は火が広がらない様に、即座に氷の魔法で消火作業を行う。

「レ、レクス……今のは一体？　わ、わた、私の手から何か凄い炎が出たのだけれど？」

ゴブリンを討伐したアイドラ様が、困惑した様子で今の炎は何なのかと聞いてくる。

「いざという時の護身用に仕込んでおいた攻撃用マジックアイテムだよ。キーワードを唱えると狭い範囲にそこそこの威力の攻撃魔法を発動してくれるんだ」

「そ、そこそこ？　これで？」

「まぁ純粋な戦闘用ゴーレムじゃないからね。護身用ならこの程度でも問題ないかなって。あっ、もっと強くしたいなら後で調整しておくよ？」

「い、いいです！　このままでいいです！　十分ですから！　これ以上強くしなくていいから！」

この程度の力で十分だなんてアイドラ様は謙虚だなぁ。

微調整前だからワザと強い魔法は仕込んでいなかったんだけど、貴族なら後でもっと強い魔法をバンバン付けてくれって言うのが普通なんだけどね。

「それだけアイドラ様が王族として正しく育てられているって事なのかな」

「え？　何か言った？」

「いえ、何でも。それよりもどう？　初めて魔物を討伐した感想は？」

「え？　あっ⁉」

僕に言われた事で、アイドラ様はさっきまでゴブリンが立っていた場所に振り返る。

「……正直」

「うん」

「全然倒した感じがしないわコレ」

……いやまぁ、炎に包まれたゴブリンは一瞬で塵になっちゃったからねぇ。

死体もないもんだから倒した感じがしないのも無理はない。

ただのゴブリンが相手じゃ、仕込んだ魔法は過剰戦力だもんなぁ。

「うーん……あっ、そうだ！」

と、そこで僕は良い考えが浮かぶ。

「どうしたのレクス？」

「うん、ゴブリンで物足りないのなら、もっと強い魔物がいる場所に行こうか！」

「……え？　もっと強い魔物……？」

「このゴーレムの性能でも良い戦いが出来る場所があるんだよ」

「ええと、ちょっと……私が言いたかったのはそういう意味じゃなくて……」

「そこは腐食の大地っていうんだけどね！」

うん、折角だからアイドラ様を皆と会わせて、一緒に魔物退治に参加してもらおう！

第１４９話　モフモフの優雅なバカンス

◆モフモフ◆

我は魔物の王。

今は人間共の王の娘の所でバカンス中だ。

いやホントここ最高！

だって御主人が居ないんだもん！

この娘の巣はフカフカで寝心地良いし、差し出されるものはどれも美味い！

クフフ、他種族の王の娘が自ら傅くとは、我が至高の王である証よな！

あーここ最高、御主人が帰る時にこっそり気配を消して隠れていてよかったー。

だが我もただ甘い食べ物に夢中になっていた訳ではない。

居心地の良いこの巣だが、強いて問題を挙げるとすれば下克上を狙う雑魚共が這い回っている事か。

人間共は自分達の王に勝つ為に王の娘を狙ったりもするらしい。

「※※※※※!!」

おっ、襲ってきた。

だが弱すぎる。

「※※※※※!?」

ふははははっ、その程度の爪など我には通じんよ。

しかしいつも思うが人間の爪とはむやみに細長いのだな。

これでは簡単に折れてしまうぞ?

「※※※※※!!」

おっ、今度は魔法か。

だがヌルいヌルい。

わざわざ防御などせずとも、我の毛皮を傷つける事すら出来ぬわ。

「※※※※※!?」

んー?　もう終わりなのか?

やれやれ、これでは退屈しのぎにもならんな。

しょうがない、さっさと終わらせるとしようか。

ていっ、我の前足パンチ。

「※※※※※!?」

我の攻撃を受けた雑魚が吹き飛んで壁にぶつかり、そのまま意識を失ってずり落ちる。

ほいっ、次の敵には我の後ろ脚キック。

「※※※※※!?」

次の攻撃を受けた雑魚は天井を突き抜け、そのまま木の実の様に垂れ下がった。

ははは、弱い弱い。

まったく、実力で王に挑めば良いものを、姑息な手段に頼るからこうなるのだ。

だが運が悪かったな。ここはもう我の縄張りだ。

王である我の縄張りに敵意を持って入ってきた者に容赦はせん。

控え目に言って死ぬがよい。

◆

「※※※」

人間の王の娘が前足を叩くと、召使いの娘が食事を持ってやってくる。

うん？　この娘の匂いは初めてだな？　群れの新入りか？

ふむ、群れの序列を這い上がって召使いの座を手に入れたという訳だな。

良いだろう、我の世話をする事を許そう。

だからそんなに怯えなくても良いのだぞ？

「※、※※※……」

人間の娘が我の前に食事を差し出す。

うむ、今日の食事も美味そうだな！

ではいっただっきまーす！

モグモグ……

「※※※※？」

ふふふっ、人間の王の娘が我の機嫌を伺っておるわ。

「……※※※」

召使いの娘も、我の反応が気になるらしく、震えながら凝視してくるわ。

やれやれ、そこまで見られると我もちょっぴり恥ずかしいぞ？

……グッ!?

その時だった、我の体内で何かが激しく暴れるかのような激しい感覚を感じたのだ。

「※、※※※※※!?」

こ、この感覚は……毒!?

この料理、毒が入っているではないか!!

「……※!!」

……コレ超美味ぁーーっ!!

美味い美味い美味い！　すっごい美味い！

肉も美味いがこの毒が肉の旨味に複雑な刺激を与えているのだな！

恐らくは複数の毒を混ぜ合わせているのだろう！

毒入りご飯スパイシーで美味しー！

「※、※※……!?」

ん？　何恐ろしいものを見る目で見ているのだ、召使いの娘よ？

毒とか人間流の食べ物を美味しくする混ぜ物だろう？

ああそうか、王を満足させたのだからな、労ってやらねば。

美味かったぞ召使いの娘よ。

前足でポンポン。

「※!?　……※※※」

……あっ、気絶した。

ふーむ、王である我が直接労った事で感激の余り気絶してしまったのか。

我の威厳がありすぎるのも困り者だな。

いやーしかし人間の王の巣は良いな！

ご飯は美味しいし遊び相手（雑魚共）も沢山いるから運動後のご飯が美味しい！
ついつい食べ過ぎてしまうぞ！
いやー御主人のいない生活のなんと気楽な事か！
なにせ御主人はちょっと食べ過ぎただけですぐに食事を抜きにするからな。
あと地獄のような運動をさせてくる。
まったく、魔物の王たる我をなんだと思っているのやらだ。
だが、ここは違う！
ここでなら我は真に魔物の王として君臨する事が出来るというものよ！
と言う訳でオヤツでも食べに行こうかなー。
ふっふっふっ、人間の王の娘が我に甘い物を差し出してくるわ。
よいよい、よきにはからえ。
「※※※※※」
その時だった。穏やかな巣の中に真冬の風のような恐ろしい声が響き渡った。
……い、今の声はまさか。
「※※※※※」
ゲェーッ!?　御主人!?
何でぇー!?　何で御主人がここにぃーっ!?

ん？　何か人形が動き出したぞ？
何？　二人でどこかに行くの？
え？　我も？
……あっ、はい。分かりました。
さようなら、我の平穏な日々……

第150話　光の女神爆誕！

「ただいまー」

アイドラ様にゴーレムを納品した僕は、アイドラ様が操縦するゴーレムとともに皆が待っている町の宿へと戻ってきた。

え？　町に戻るには時間がかかるんじゃないかって？

大丈夫、この町の近くに転移マーカーを設置しておいたからね。

これで王都の屋敷から転移ゲートを使っていつでも移動が可能なのさ。

「お帰り兄貴ー」

「あら？　その人は？」

リリエラさんがアイドラ様のゴーレムを見て首を傾げる。

ああ、皆ゴーレムの製作風景を最初は興味深そうに見てたけど、途中から飽きて魔物退治や町の散策に出かけちゃったからね。

唯一ミナさんだけは一番遅くまで見てたけど「ダメ、これを見ていたら私は色々と駄目になる気がするっ！」って言って飛び出して行っちゃったんだよね。

「ああ、この人はア……」

とそこで僕の言葉を遮ってアイドラ様が前に出る。

「私はドーラ。新人冒険者ですが、レクスとはちょっとしたご縁がありまして、その縁で冒険に誘って頂きました」

「レクスさんと……？」

アイドラ様の説明を聞いて、リリエラさんがジトリとした目で僕を見る。

「もしかしてまた何かしたの？」

「え？　またってどういう意味ですか!?」

「まぁまたって言ったらそうよねぇ」

そうって何がそうなんですかミナさん!?

「ちょっとア……ドーラ、一体……」

どういうつもりなのか、そう聞こうとした僕にアイドラ様が囁く。

「この体はお忍び用のものなのですから、皆さんが気付くまでは内緒にしておきましょう。知り合い相手でも私とバレないか試す良い機会です」

「まぁ、そういう事なら……」

うーん、でもどっちかというと、いつまでバレないかを楽しんでいる様にも見えるんだよねぇ。

前世でもイタズラ者の知り合いが居たから、なんとなく空気で分かるんだよね。

でもまぁ、前世の知り合いのイタズラと比べたら全く無害だし、放っておいてもいいかな。

「と言う訳で今回の魔物討伐にドーラも連れて行きたいんだけど良いかな？」

「呼び捨て……」

「え？」

「いえ、何でもないわ」

なんだろう？　リリエラさんの目付きが妙に鋭いような気が……はっ、まさか新しく参加したアイドラ様の実力を警戒しているんじゃ!?

そうだよね、リリエラさんはAランク冒険者だ。今まで戦ったことの無いお姫様のアイドラ様の立ち振る舞いから、ドーラが戦いの素人だと見抜いたんだろう。

「俺は良いぜ！　よろしくなドーラ！」

「まぁレクスが誘ったっていうのなら、私も文句はないわ」

ジャイロ君達は大丈夫みたいだね。リリエラさんは……

「別に、レクスさんがそうしたいって言うならそれに文句はないわ」

うーん何だろう？　なんだかリリエラさんの言葉が刺々しい気が……

けどまぁ、皆問題ないならそれでいいか！

「じゃあ行こうか皆！」

「「「「おー！」」」」

◆

「あれ？　おかしいな」

飛行魔法をつかって腐食の大地へとやってきた僕達だったけど、僕はその光景に違和感を感じていた。

「どうしたのレクス？」

腕の中に抱えたアイドラ様が首を傾げながら尋ねてくる。

うん、アイドラ様は飛べないから僕が抱きかかえて飛んでいるんだよね。

一応アイドラ様のゴーレムボディには飛行機能が搭載されているんだけど、それも練習が必要だから今回は僕が運ぶ事にしたんだ。

そのうちアイドラ様にも飛び方を教えないとね。

「腐食の大地が広がっているような……」

「マジで？」

「うん、気のせいじゃないね。この間浄化した土地がまた侵食されているよ。浄化した大地に埋まっていたジャイアントポイズンセンティピードを掘り起こした穴が無くなっているのがその証拠

「皆、今日の魔物討伐なんだけど、ちょっと予定を変えて腐食の大地を浄化しながら魔物狩りをしようと思うんだ」

近くに村もあるし、これはちょっと浄化をしておいた方が良いなぁ。

うーむ、腐食の大地は土地を侵食するとは聞いたけど、これは予想以上だね。

「言われてみれば確かに無くなってるわね」

だ」


「いいんじゃないかしら、危険領域の拡大を止めるのは魔獣の森でも推奨されていたしね」

魔獣の森を活動の舞台にしていたリリエラさんは僕の意図を察してくれたみたいだね。

「ありがとうリリエラさん」

「別にいいわよ」

「俺達も良いぜ！　兄貴がそうするべきだって思ったんなら、ちゃんと意味があるんだろ？」

「アンタもちょっとは自分で考えなさいよ」

「そういう難しい話はお前に任せる！」

「はぁ……」

ミナさんも大変だなぁ。

「私も異論はないわ。新入りだし、レクスの指示に従わせてもらうわね」

「ありがとう皆。じゃあまずはパーティを二つに分けようと思う。そして二手に分かれて腐食の大地を浄化していこう」

「え？　ちょっと待って、私達浄化魔法なんて使えないわよ!?　もしそんな魔法を使えるとしたらノルブくらいだけど、今回は居ないし……」

「ああ大丈夫ですよ。浄化魔法ならドーラが使えますし」

「えっ!?」

と、そこでアイドラ様が自分が!?　と驚きの表情で僕を見る。

「大丈夫ですよ、フレイムインフェルノと同じで、呪文の名前を叫べば勝手に発動しますから」

僕は小声でアイドラ様に浄化魔法を使えることを伝える。

「そ、そうなの？」

「はい、ハイエリアピュリフィケーションと唱えれば発動します」

「わ、分かったわ」

「じゃあチーム分けだけど、僕と……」

「私ね」

と、リリエラさんが手をあげる。

「ジャイロ君達は元々パーティだし、役割も前衛と後衛だわ。連携を考えると慣れた者同士が良いわね」

「でも俺達と兄貴達じゃ戦力偏らねぇ？」

「そこでこのモフモフよ。この子もセットならそうバランスが悪くもないでしょ」

「キュッ？」

リリエラさんに抱えられ、モフモフは何か用？　と首を傾げる。

「あら、モフモフちゃんが来てくれるの？」

「キュッ？　キュウ！」

アイドラ様に呼びかけられると、モフモフは嬉しそうにアイドラ様に飛び込んでゆく。

ゴーレムの体だけど中身がアイドラ様って分かってるのかな？

「2対4、確かにバランスは取れているわね。切り上げる際の連絡はどうするの？」

「ああ、それならこの連絡用のマジックアイテムを渡しておくよ。同じ物を持っている者同士で連絡が取れるんだ」

「さらりとマジックアイテムを出してきたわね」

「まぁ短距離でしか通じないいんだけどね」

「それでも相当よ……」

さて、準備も整ったし、それじゃあ浄化作戦を開始しようかな！

「けどちょっと緊張するわね」

とアイドラ様が本格的な冒険に緊張気味になっている。

「大丈夫だって！　俺達が居るからちょっとくらい失敗したってフォローしてやるからよ！」

「そうそう、コイツなんてCランクになってもよくヘマやらかすもの」

「う、うっせーよ！」

「ふふ、二人はとても仲良しなのね」

「「べ、別に仲良しじゃないし！」」

ははっ、ジャイロ君達は早速仲良くなったみたいだね。

「けど気をつけろよ。ここは腐食の大地って言って、毒の魔物がウヨウヨしてるすっげーヤバイ所なんだからよ」

「まぁ、そうなの!?」

「まぁな。けどまぁ、俺達がいりゃあビビる事は無……」

「あっ!?」

とそこでミナさんが声を上げる。

「どうしたんですかミナさん？」

「ええとね……この子を連れて来ちゃって良かったの？　確か危険領域って高ランク冒険者本人しか入っちゃいけない場所よね……？　それにほら、私達もランク的にね……」

「「「あっ！」」」

「え？」

そういえばそうだった。

ここは一応危険すぎてランクの低い冒険者さんは入っちゃいけないって事になっているんだよね。

ただ実際戦った感じだと、毒対策さえちゃんとしておけばそう大した事ないと思ったんだけどね。

「リリエラさん、腐食の大地って何ランク以上でないと入れないか知ってますか？」

「ええと、確かAランクね。腐食の大地に生息する毒持ちの魔物が外に出る危険があるから、なるべく多く狩って欲しくてランクをAにしているらしいわ。でも奥に向かうならSランクである事が望ましいって冒険者ギルドの資料には書いてあったわね」

Aランクか。それならリリエラさんは大丈夫だね。

「なぁミナ、俺達って確か……」

「Cランクよ」

そうだね、冒険者ギルドのルールだとジャイロ君達は腐食の大地に入る事は許されない事になる。

「え、ええと、もしかして私は参加したらダメなのかしら？」

アイドラ様が自分は付いて行ったらダメなのかと困惑しているけど、その心配は無用だよ。ちゃんと対策があるからね！

「大丈夫ですよ、皆が入ってはいけないのは腐食の大地の中です。でも浄化魔法を使って元の大地に戻せば、そこは腐食の大地の外ですよ！」

「「「「とんでもない暴論が出た」」」」

え？　領域問題ってこうやって解決するものじゃないの？

前々世だとよくこうやって国家間の領域問題が解決されてたけど？

「俺の国とお前の国の境界線はこの山の向こうとこっちだよな？」って言って相手が頷いたら魔法で山をまるごと動かして「それじゃあここは俺達の領地な！」ってやってる王様とか普通に居たからなぁ。

酷いと海岸線を弄る人もいたし。

◆ミナ◆

「じゃあこの辺りから始めましょうか」

レクス達と別れた私達は手頃な場所まで移動してから腐食の大地を浄化する事にした……んだけど、このドーラって子に任せれば良いのよね？

「それじゃあ頼めるかしらドーラ」

「え、ええ。任せて！」

うーん、レクスが連れてきたこの子だけど、どうにも素人っぽいのよねぇ。

私達もちょっと前までは素人だったけど、ちゃんとお爺様や村の冒険者ギルドのオジさんから戦闘訓練は受けていたし、狩りをしてそれなりには戦えるようになっていたもの。

でもこの子からはそういった野外活動に対する慣れを感じないのよねぇ。

もしかして、どこか良いところのお嬢様のお忍び護衛でも受けたのかしら？

Ｓランクであるレクスならありえない話じゃないけど、でもそれだったらこんな危険な場所には連れてこないわよねぇ。

……っていうか、よく考えたら本当危険な場所だったわここ。

「じゃ、じゃあいきます！　ハイエリアピュリフィケーション！」

すると、突然ドーラの体が眩く光り輝いたの。

「きゃあぁっ!?」

「うわっ!?」

あれ？　ちょっと待って！　今全然発動前の溜めの魔力を感じなかったんだけど!?

しかも無詠唱!?　もしかしてこの子もレクスの弟子なの!?

ううん、それでも発動前の魔力の動きがあるハズ。

って事はこの子もしかして……!?

なんて考えてると、次第に光が止んでいったわ。

そして視界が戻ると、そこは一面の毒の沼からどこにでもある普通の大地へと変貌していたの。

まぁ、地面から魔物が半分生えている大地が普通かと言われれば疑問だけど。

「まぁ、本当に普通の地面になったわ！」

そしてそれをやった本人が普通に驚いているし。

「なぁこれって……」

「ええ、レクスの仕業でしょうね……多分あの人の体、例のゴーレムよ」

でなきゃ魔力の溜めもなしにこんな大魔法使えないだろうし。

「って事は!?　中はもしかしてアイド……」

「しー、あの体はお忍び用のゴーレムなんだから、その名前を口にしたら駄目でしょ。レクスが何も言わなかったんだから、黙っとけって事よ」

私は驚いて大声を出そうとしたジャイロの口をふさぐ。

「な、成る程。ところで言葉遣いとかどうすりゃいいんだ？　やっぱ敬語の方がいいのかな？」

「一応お忍びだし、レクスも普通に接していたから、普通で良いんじゃない？　あのゴーレムの外見は私達と大差ないし、下手に敬語で会話してたら怪しまれるわ」

「そ、そうか。なら安心だな！」

どっちかというとジャイロはドーラの中身がアイドラ様であった事よりも、言葉遣いの方が気になっていたみたい。

まぁ変な気の使い方をしないだけアイドラ様にはありがたいでしょうけどね。

「二人ともどうでしたかー？」

と、アイドラ様が私達に話しかけてくる。

「おう！　凄かったぜドーラ！」

「ええ、びっくりしたわ」

ほんと、びっくりしたわよ。

◆とある農民達◆

「と、とんでもねぇモンを見ちまっただ……」

オラ達はイルナガ村のモンだ。

オラ達の村は腐食の大地が近いからな、毎年広がる沼地がどのくらい村に近づいてきたか定期的に見張りにきてるんだ。

あんまり沼地が村さ近づき過ぎると、ヤベェ魔物が沼地を離れて村を襲うかんな。

そして村が沼に沈む前に村を捨てねぇといけねぇ。

その為の時期を見極めるのもオラ達見張り役の仕事だ。

とはいえ、こんな危ねえ仕事は誰もやりたがらねぇ。オラは嫌だ、オラだって嫌だと皆で押し付けあった結果、交代で見張りに来ることになったんだ。

少しずつ村さ近づいてくる忌々しい沼を見にくんのは気が重くてしょうがなかったんだが、今回だけは様子が違った。

オラ達が沼地さ見にきたら、なんか白くて丸い生き物を連れた若い坊主達が沼地さ近づいてきたんだ。

剣や鎧を身につけていたから、そいつ等が冒険者だとすぐに分かっただが、オラ達はすぐに止めようとしたさ。

なんせあの沼地の魔物はとんでもなく強くて、特別な許可を貰った方達しか入っちゃいかんって役人が言ってたからな。

だけどもあの坊主達はとてもじゃないがそんな凄ぇ人達には見えなんだ。

きっとその事を知らずにやってきたんだと思って止めようとしたんだが、なんとそのうちの一人が急にお日様みたいに光り出したんだ。

オラ達はびっくりして目を閉じたんだが、目を開けたらとんでもねぇ事になってたんだ。

なんと腐食の大地が消え去って、土地が普通の地面になっていたんだ。

一体何が起こったのかとオラ達は呆然としてたよ。

更にそれだけじゃあ終わらず、その坊主達は腐食の大地の魔物達を雑草でも刈るみたいな勢いで退治し始めたんだ。

しかも一緒に居た白っこい丸い生き物まで自分の何倍もある魔物をやっつけていたんだ。

そんで魔物を全部退治すると腐食の大地の奥へと向かって行って、またピカッっと光ったと思ったら、沼地が普通の地面になってたんだよ。

もうオラ何が何やら……

「なぁ、もしかして、あの人は女神様なんじゃねぇのか?」

オラ達が呆然としてたら、一緒に来ていたヨザックが馬鹿な事を言い出した。

「何バカな事言ってんだヨザック。そんな事ある訳ねぇだろ」

「でもよう、あんなピカッと光ってあの毒の沼地を普通の土に戻しちまうなんて、普通の人間の出来る事じゃねぇよ」

オラは一緒に来ていた他の連中を見るが、そいつ等もヨザックの言葉を真に受けたのか、あの光る娘さんに目が釘付けになっていた。

「まさか、いやでも……」

普通に考えたら女神様なんてありえねぇ。けどもこんな事教会の偉い坊さん達にも無理だ。坊さん達は沼地が広がる速さを抑える事は出来たが、沼地を元に戻す事は出来ねぇって言ってたかんな。

「じゃあ本当に……女神様なのか?」

「おっかねぇ魔物をあんなに軽々と倒して憎らしい沼地を元に戻してくれたんだぜ? あのお方達が女神様以外のなんだって言うんだよ?」

「じゃ、じゃあ、あの方達はこの沼地を元に戻してくださるつもりなのか?」

「きっとそうだ! 困っているオラ達を助ける為に、女神様が助けに来てくれたんだ!」

「きっとあの白っこい生き物は女神様に仕える神獣なんだ!」

「あの坊……じゃなかった、あの方々も女神様に仕える神の使いなんじゃないか!?」

「女神様……」

「女神様!!」

「「「女神様っ!!」」」

気がついたらオラ達は女神様達に向けて深々とひれ伏していた。

ああ女神様、オラ達をお救いください!

◆ミナ◆

「くちゅん!」

魔物達を退治していたら、アイドラ様が急にくしゃみをした。

「おっ? 風邪かドーラ?」

「なんだか急に鼻がムズムズして」

っていうか、ゴーレムの体なのに風邪って引くのかしら?

「ははは、もしかして誰かがドーラの事を噂してるんじゃねーの?」

「一体誰が噂しているのかしら?」

なんてバカな話をしていたんだけど、まさかその数日後に腐食の大地に光り輝く女神様が降臨したなんてとんでもない噂が流れるようになっちゃったのよね……

第151話　浄化大作戦

ジャイロ君達と別れた僕とリリエラさんは、反対方向を浄化していくことにした。

「そういえば、ゴーレムを動かしている間アイドラ様は大丈夫なの？　ゴーレムを動かしている間は周囲の景色が見えないから危険なんじゃない？」

と、リリエラさんがアイドラ様を心配するそぶりを見せる。

うん、操縦型ゴーレムの弱点は無防備になった本体だからね。

「大丈夫ですよ。ゴーレムの操縦装置には使用中、使用者を守る為に強力な結界を発動させる機能が付いています。だからゴーレムを動かしている間は安全ですし、ついでに余裕を持ってゴーレムの操縦を終えて少しの間は結界が持続するようになっています。普段使い出来るデザインにしてあるので、身を守る護身用アイテムとしても使えますよ」

「またさもちょっと便利な小物を作ったみたいに……まぁアイドラ様が安全ならそれでいいわ」

ゴーレム操縦中のアイドラ様の身が安全と分かり、リリエラさんは納得の声を上げる。

「ってあれ？　リリエラさん気付いていたんですか？」

リリエラさんがドーラの正体に気付いていた事に僕は驚く。

「そりゃゴーレムを納品に行って突然見知らぬ女の子と一緒にやってきたら、ああそういう事なんだなって気付くわよ」

おおー流石リリエラさん。伊達にAランク冒険者じゃないね。

その観察眼と察しの良さは流石だ。

「じゃあそろそろ浄化を始めましょうか」

僕は空中に静止して腐食の大地の浄化準備を始める。

「けど結構中まで入り込んだわね。端から浄化していった方がよかったんじゃない？」

リリエラさんの言う通り、僕達は腐食の大地の奥まで侵入していた。

周囲を見回しても正常な大地は見当たらず、見渡す限り毒の沼地だ。

「ええ、せっかくなら効率よく浄化していきたいので」

「効率？」

リリエラさんの疑問の声に頷くと、僕は魔法を発動させる為に魔力を集中させる。

「これから使う魔法はいつもの浄化魔法よりも規模が大きいですから。なるべく奥まで入っておいた方がギリギリまで浄化出来ていいんですよ」

「規模って、それどういう……」

「グランドエリアピュリフィケーション！！」

僕がかざした手から光が生まれ、その光が一気に周囲へと満ちていく。

「きゃあぁぁぁぁぁぁぁぁぁっ！」

光は一瞬で地の果てへと広がっていき、腐り果てた大地を浄化していく。

「グギャアアアアアアアアッ!!」

「グボアァァァァァッ！」

「ジャギャァァァァァァァァ!?」

腐食の大地のありとあらゆる方向から、魔物達の悲鳴が上がってくる。

沼の中に潜んでいた汚れに満ちた魔物達が浄化されていく声だ。

「何なにナニッ!?　何が起きているの!?」

光に目が眩んだリリエラさんが、目を両手で隠しながら魔物達の悲鳴に動揺している。

「浄化魔法を喰らった魔物達が苦しんでいるだけですから、気にしないで大丈夫ですよ」

「だ、だだだ大丈夫って、物凄い数の悲鳴が全部の方向から聞こえてくるんだけどぉぉぉぉ!?」

おお、目を瞑っていても魔物達の悲鳴から敵がどの位置にいるか大雑把に判断しているんだね。

さすがリリエラさん、未知の魔法に驚いても冷静に状況を把握しようとしている。

《ギャアアアアアアアアアアアアッ!!》

そして最後の最後に、魔物達の断末魔の悲鳴が重なってまるで一つの巨大な魔物のような声が上がる。

そうして光が収まると、見渡す限りの毒の沼地は姿を消し、腐食の大地は元の土と岩の大地へと戻っていたんだ。

「もう大丈夫ですよ、リリエラさん」

「……っ」

恐る恐る手を離してリリエラさんは目を開ける。

次いで周囲をキョロキョロと見て状況を確認していく。

「……」

「………っ!?」

そして正確に状況を判断したらしいリリエラさんが目を見開いた。

「何これぇぇぇぇぇぇぇっ!?」

「広範囲を浄化する上位浄化魔法のグランドエリアピュリフィケーションです。いつものハイエリアピュリフィケーションだと浄化範囲が狭いですから、上位浄化魔法で一気に広域を浄化しました」

「こ、広域!?　これ全部!?」

「はい、全部です」

グランドエリアピュリフィケーションは、前々世の僕が作った魔法だ。

とある国の魔法使い達が、新しい戦略魔法の開発中に大失敗して、とんでもない広さの土地を汚染してしまったんだよね。

それでこのままじゃ汚染された土地に人が住めなくなるだけじゃなく、周辺の土地まで汚染されて大変な事になるからなんとかして欲しいと頼まれたんだ。

けど普通の範囲浄化魔法じゃとてもじゃないけどそんな膨大な規模の土地を浄化することはできない。

浄化する端から残った土地が汚染されちゃうからね。

ならいっそまるごと浄化すればいいじゃないかと思って作ったのがこの魔法だ。

「この魔法は術者を中心に周囲を浄化する魔法で、その規模は術者の実力にもよりますが……おおよそ小国程度の広さなら十分浄化できます。なのでしばらくは腐食の大地に町が侵食される心配はありませんよ」

「へ、へぇ……小国……ね」

何故かリリエラさんの様子がおかしい。

効果範囲を広げただけのただの浄化魔法なんだけどなぁ。

「……随分レクスさんに慣れたと思ったけど、やっぱりレクスさんね。気を抜くと心臓が止まりそうになるわ」

リリエラさんが何かを小さく呟いているけど、何を言ったんだろう？

「と、ともあれ、次に行きましょうか。もっと沢山の場所を浄化するつもりなんでしょ？　それこそ腐食の大地全部を浄化するくらいのつもりで」

「あれ？　気付いていたんですか？」

「分かるわよ。私に気を遣ってくれたんでしょ？」

リリエラさんが視線を彼方に向ける。

その先にあるのは、リリエラさんの故郷のある方向だ。

「腐食の大地に飲み込まれそうになっていたあの村を見て、私の故郷を飲み込んだ魔獣の森と同じだと、そう思ってくれたんでしょ？」

参ったなぁ、完全にバレてるよ。

「……魔獣の森ね、最近は以前に比べてほとんど周囲の土地を侵食しなくなったらしいわよ」

「え？　そうなんですか？」

「うん、冒険者ギルドで教えてもらったの。ギルドは魔獣の森の主だったエンシェントプラントが討伐されたのが原因なんじゃないかって言ってたわ。森を拡大させていたトラッププラントもキラープラントも同じ植物系の魔物だったしね」

成る程、エンシェントプラントが他の植物系の魔物を統率していたから魔獣の森は異常な速度で拡大していったんだ。

前世だとエンシェントプラントは見つけたらすぐに狩るか、専用の植栽地帯で栽培していたから、そんな特性がある事までは気付かなかったよ。

「……ありがとねレクスさん」

「……いいえ、どういたしまして」

リリエラさんは僕のパーティ仲間だからね。

嫌な思いはして欲しくないよ。

「じゃあ浄化を続けましょうか！」

「ええっ！」

◆ジャイロ◆

それは突然の出来事だった。

突然彼方から光が押し寄せたと思ったら、次の瞬間周囲の沼地が見渡す限り全て普通の地面に戻っていた。

「こ、これって……」

自分で言っておきながら原因なんて一つしか思い浮かばない。

「レクスよね絶対……」

「……だよな」

うん、こんな事が出来るのは兄貴以外にありえねぇ。

「どこにもレクス達の姿が見えないんだけど、どんだけ遠くから浄化したのよ……」

「……」

俺は我知らず体を震わせる。

ビビってるからじゃねぇ。興奮が止まらないからだ。

兄貴の凄さは知っていたけど、それでも兄貴にはいつも驚かされてきた。

兄貴の凄さには底が見えねぇって。

そしてこの光だ。

兄貴が放った浄化魔法を俺達も受けた。

それは俺達を傷つけるようなものじゃなかったけど、それでもその魔力から俺は、兄貴の力の一端を肌で感じる事が出来たんだ。

だから分かった。

今の自分が兄貴の足元にも及ばないって。

一体どれだけ強くなれば兄貴の居る場所が見えるのか見当もつかねぇ。

けどよ、それに気付いてもなお俺はワクワクしていたんだ。

兄貴は信じられないほど強ぇ！　ドラゴンなんか目じゃないほど、それどころか兄貴が言ってたドラゴンよりも強い魔物よりも絶対強ぇ！

俺もそんな兄貴に追いつきてぇ！　強さの天辺に登ってみてぇ！

「あの～～」

そんな事を考えてたら、ドーラが申し訳なさそうに声をかけてきた。

「これってもしかして、私が浄化する意味なかったんじゃないですか？」

「「……」」

俺とミナはお互いに顔を見合わせてからドーラに向き直って言った。

「「ドンマイ」」

第152話　ノルブの巡礼

◆知識神司祭　殉教者ノルブ◆

「はぁっ!!」

道中で襲ってきた魔物をバハルン卿の槍が貫きます。

彼はメグリエルナ姫を幼い頃から護衛していらっしゃった方です。

表立っての護衛役ではありませんでしたが、私達が暮らしていた村と王都を移動する際に送り迎えをしてくださっていた方です。

「グォウ!!」

正面の魔物と戦っていたバハルン卿に、側面から魔物が襲い掛かってきましたが、そこに盾を持った老人が割り込みます。

「ヌン！」

彼はラッセル元伯爵。今回の旅に護衛として参加してくださった方の一人です。

ラッセル元伯爵は魔物の攻撃を真正面から受け止めるのではなく、体ごと盾を回して上手く攻撃をいなすと、相手が見せた無防備な側面目掛けて雄々しい剣撃を繰り出したのです。

「グギャウ!!」

「すごい」

王国随一の剣の使い手と言われるだけあって、一連の動作には一切の躊躇いが見られませんでした。

「ファイアウェイブ！」

更に離れた場所からこちらの隙を伺っていた魔物達にアルブレア名誉男爵の魔法が襲いかかります。

「「「ギャオウッ!?」」」

アルブレア名誉男爵は元宮廷魔術師長の地位にありましたが、実戦派でもあったらしく魔物との乱戦でも全体を把握して的確に皆さんの援護に務めています。

「「グォウッ！！」」

「おっと！」

「そうはさせんよ！」

物陰から襲ってきた魔物を食い止めたのは近衛騎士団を除隊したイブカ元団長と国境沿いの砦で幾度も大規模な戦いを経験されたブレン元子爵です。

やはりこの二人も一角の人物と称される方々だけあって、魔物の群れに対し冷静に対処していきます。

「凄いですね。あの人達なら今からでもAランク冒険者として活躍できそうですよ」

実戦経験豊富なだけでなく、確かな実力を持った彼等は冒険者ギルドの上位層に決して引けを取らないでしょう。

「ギュルルゥ」

そんな中、一体の大柄なウシ型の魔物が陣形の薄い場所から接近してきました。

ああでも、あの魔物ならレクスさんやジャイロ君達との冒険で何度も倒した相手ですから、私でもなんとか倒せますね。

「ここは私が通しませんよ！」

「お、おい！　無理をするなノルブの坊ちゃん!?」

私が武器を構えたのを見てイブカ元団長が慌てますが、流石に全てを皆さんに任せる訳にはいきません。私だって護衛の一人なんですからね。

「メタルコート!!」

防御特化の属性防御を展開し、更に自身の防御力を大幅に上昇させる防御魔法を発動させます。

「ギュモゥウ!!」

騎士が持つ槍のような角を持った魔物は、いつも通り相手を貫こうと私目掛けて一直線に突撃してきます。

「いかん！　避けろ！　そいつはアイアンランスだ!!」

イブカ元団長が叫びますが、魔物の足は速く避けるのは困難です。

何より私が避けてしまったら、後ろにある馬車が破壊されてしまいます。

それだけは避けないといけません。それに……

「むん！」

私は腰を落として魔物の突撃に備えます。

そして魔物が飛び込んできました。

「坊ちゃんっっ!?」

「ギュモ……ゥ？」

魔物が勝利を確信した鳴き声を上げますが、その声が訝しむように音が変わります。

「捕まえましたよ」

私は片手で魔物の体を掴むと、もう片手に持ったメイスを振り上げます。

「ギュモッ!?」

「ふんっ!!」

防御特化だった属性強化から通常の身体強化魔法に切り替えた私は、全力の一撃を魔物の頭部に叩き込みました。

「ギュポォッ!?」

頭部を陥没させた魔物が泡を吹いて倒れてゆきます。

「ふぅ、この程度の魔物なら私でも大丈夫です。取りこぼしは私が対応しますから、皆さんは安心して戦いに専念してください」

「お、おう……」

私が多少なりとも戦えると分かったイブカ元団長は、安心してくれたのか戦いに戻っていきました。

「ええ、足手まといになる訳にはいきませんからね」

でも皆さんの実力は確かですし、これなら私が戦う場面はもうないかもしれませんね。

腐食の大地では本来の予定通り、魔力の消費を抑えて毒の治療に専念する事になりそうです。

「……なぁブレン、お前アイアンランスの突撃に耐えられるか?」

「はぁ? 何を言ってるんですか。そんなことしたら体に穴が開くどころか、引きちぎられて真っ二つですよ?」

「だよなぁ……他人、いや他牛の空似か?」

おや? イブカ元団長とブレン元子爵が何か話し合っているみたいですが、何か作戦を立てているのでしょうか?

「クケェエエエエエエッ!!」

その時でした。

天を引き裂くような雄叫びと共に突如地に影が掛かったのです。

見上げればそこには巨大な鳥型の魔物の姿。

ただしその大きさは馬車よりも大きな、まるでドラゴンのような巨体だったのです。

「アレはグランドロックバード!?　ドラゴンに次ぐ空の悪魔ではないか!?」

グランドロックバードと呼ばれた巨鳥の爪が馬車を摑み、空へと飛びあがっていきます。

「いかん、馬車が！　姫っ!!」

「アルブレア殿！　魔法で姫をお救いください！」

「駄目だ、今撃っても馬車が落ちれば姫の命はない！」

「くっ、なんという事だ！　何故こんな場所にあの怪鳥が居るのだ!!」

「姫ぇーっ!!」

イブカ元団長達が慌てふためきますが、私はこの光景にさほどの危機感は感じていませんでした。

確かにあの巨体は威圧感に満ちていますが、実際のところあの魔物は見かけほど強くはありませんから。

「大丈夫ですよ皆さん」

寧ろ私が心配なのは……

「何を悠長な……」

その時、馬車の扉が音を立てて開くと、中から白い影が飛び出してきました。

「クイックエッジ！」

静かな、けれど強い意思が籠もった声が響くと共に、魔物の両翼が一瞬で切断されました。

「キュゲェエエェッ!?」

翼を失った魔物が大地に向かって落ちてきます。

ですが私が慌てたのはそちらではなく……

「当然馬車も落ちてきますよね」

私はすぐに属性強化を自分に施すと、馬車の落下地点に待機します。

そして落ちてきた馬車を受け止めました。

「ぬんっ!!」

高所から落ちてきた馬車はその重量と落下速度でもはや凶器といえます。

それを私は防御魔法で自身を強化する事で耐えました。

「いよいしょぉっ！」

受け止めた馬車を地面に下ろすと、私は馬車と馬が無事かすぐに確認します。

「よかった、ちょっと壊れてしまいましたが、馬も車輪も無事です。最後の村までは走ってくれそうですね」

ほっと一安心した私が周囲を見ると、魔物達はグランドロックバードの襲撃に驚いて逃げていったようで、周囲に姿はありませんでした。

「「「「……」」」」

残っているのはポカンと空を見るイブカ元団長達と、空から降りて来たメグリエルナ姫だけでした。

「お手数をおかけして申し訳ありませんメグリエルナ姫」

臣下としてメグリエルナ姫に謝罪の言葉を告げると、メグリエルナ姫はそっと手をあげて問題ないと示しました。

「大丈夫です。皆も護衛役ご苦労さまです」

「「「「……はっ!?　も、勿体なきお言葉！」」」」

寧ろ魔物を倒せたことで少し機嫌が良くなったようにも見えます。

これは襲ってきた魔物達に感謝ですね。

「……なぁ、お前等空を飛ぶグランドロックバードを一瞬で倒して怪我一つなく空から降りてこられるか？」

「「「無理無理無理」」」

「グランドロックバードなんてどうやってあんな一瞬で倒せるんだ!?」

「それに空からゆっくりと降りて来たアレは魔法か？」

「……そ、そうか！　確かメグリエルナ姫は巡礼の為に特別に鍛えられていたと言うじゃないか。

きっとアレもその修行の成果じゃないのか？」

「成る程、そう……なのか？」

「巡礼の旅は辛く険しい、我々が知らされていない技や魔法をいくつも仕込まれたのだろう」

「そうだな、きっとそうなんだろうな……」

ところでイブカ元団長達はなんであんな所で固まってボソボソと小声で会話をしているんでしょうか？

私達に話せない内密の作戦会議でしょうか？

◆

「メグリエルナ姫、最後の村が見えてきました」

移動を再開して暫くすると、御者席に座っていたバハルン卿から村が見えてきたと声がかかりました。

「ご苦労ですバハルン」

「勿体ないお言葉」

普段のメグリさんとは思えない振る舞いに違和感がありますが、寧ろメグリエルナ姫としてはこちらが普通なのですよね。

自身の素性がバレないように、言葉すら制限されなければならないのがメグリエルナ姫の境遇。彼女の《最期》がどうなるのかを知っている私は、ここまで彼女の自由を奪わなければならない事実に憤りを覚えずにはいられません。

「大丈夫ですよノルブ」

と、私の心境を察したメグリエルナ姫が小さな笑みを浮かべます。

失態です。本当ならこのように不安を拭い去るのは僧侶である私の役目だというのに。

「メグリエルナ姫、ささやかですがこの村では出来る限り贅沢な食事をしましょう。前に寄った町で買い込んだ食料の中に甘味もありますから」

ええ、ええ、そのくらいの事はしていいでしょう。

腐食の大地に入ったらまともな食事がどれだけ摂れるか分かりませんからね。

「ありがとうノルブ。楽しみだわ」

「私に出来るのはこの程度の事ですから」

「……プッ、クスクス」

と、突然メグリエルナ姫が小さく笑い声を漏らしました。

「メグリエルナ姫？」

「だってノルブ、まるで他人みたい」

「い、いいえ、それは今のメグリエルナ姫は王族ですから、私は臣下として相応しい言葉遣いをしなければなりませんので」

そう、王女であるメグリエルナ姫の護衛となった以上、私もそれに相応しい振る舞いを求められるのですから。

「別にいつも通りで良いのに。そんな事を咎める様な暇な人はこんな所までついて来ませんよ？」

「だからと言って気を緩めて良い訳ではありません」

「ふふっ、ノルブは固いですね」

「それが私の役割ですから」

この状況でぼ……私だけいつも通りの喋り方が出来る訳ないじゃないですか！

「別に姫様もいつも通りでよろしいのですぞ？」

と言ったのはラッセル元伯爵でした。

激しい戦いの後だったのに、呼吸の乱れも感じられないのは流石です。

「ですな。どうせここにいるのは、我々老い先の短い爺ぃ共ばかりですからな」

「おいおい、年若いノルブ殿も居るのだぞ？」

「おお、それではノルブ殿も我々爺ぃの仲間入りですな！」

「それは違うだろう」

「「「「ハハハハハッ」」」」

共に護衛をしてくださっている皆さんが、そんな風に気楽に笑うのは、きっと年若い私達を気遣ってくれているからなのでしょう。

どなたも一流の戦闘技能を持つ方々だからこそ、心を平静に保つ事に慣れている様子。

事実これまでの道中では全く危なげなく魔物や盗賊の襲撃を退けてくださいました。

彼らはつい最近までそれぞれの現場で活躍されていた方々だったのですが、メグリエルナ姫の儀式の護衛として参加する為、あえて引退する事で一線から退いたのです。

メグリエルナ姫の行う腐食の大地浄化の儀式は極秘事項。

それゆえ、儀式の護衛もまた信頼の置ける者でないといけません。

それも信頼だけでなく、危険領域の最奥に辿り着く為、実力も一流でないといけないのです。

そんな実力者を、二度と戻ることのできない片道の旅路の為の使い捨てにするとは、なんとも贅沢な話だと思わずにいられません。

国王陛下より命を受けた皆さんですが、その顔には死地に赴く悲壮さはありません。

それどころかちょっと散歩に出掛けるような気楽さすら感じてしまいます。

「皆さんは恐ろしくはないのですか？　私達が向かうのは腐食の大地の最奥、生きて帰ることのできない死地なのですよ？」

彼等のあまりにも自然な振る舞いに、私は質問せずにはいられませんでした。

恐ろしくはないのかと。

けれど彼等は私の問いを笑い飛ばします。

「我らはもう好きに生きましたからなぁ」

「うむ、後のことは息子に任せてある故、心残りもない」

「目的地がかの腐食の大地の最奥であるならば、最後の冒険の舞台としてふさわしかろうて。儂はこれでも元Aランク冒険者であるしな」

とアルブレア名誉男爵が昔を懐しむように笑みをうかべます。

「ええっ!?　そうだったんですか!?」

まさか元宮廷魔術師長のアルブレア名誉男爵が冒険者だったなんて!?

「抜かせ、お前のAランクは引退間際の土産みたいなものであろう?」

「ははっ、それでもお前の剣よりは腐食の大地の魔物に有効であろうよ」

「よく言う、魔力の前に体力が尽きぬ様に気をつけるのだな」

内容こそ皮肉の言い合いですが、その口振りは憎み合っていると言うよりも、軽口の叩き合いのようです。

「まぁなんだ。人生最後のお役目が国の役に立つのなら、そう悪い最期ではないという事だ。あまり気になさるな」

彼等の言葉と眼差しには、若くして死地へ向かう私達への気遣いが感じ取れました。

「村に到着いたしました」

これまで会話に加わらなかったバハルン卿が御者台から声をかけると、馬車がゆっくりと止まります。

「今日のところはこの村で宿泊する事になります。といっても、宿らしい場所もないので、村長の家を借りる事になるでしょうな」

そう告げると、ブレン元子爵が村長の家へと一人先行していきました。

「ではブレンめが戻るまではここで待機ですかな」

馬車を降りた私は、こっそり体を伸ばします。

さすがに揺れる馬車に乗り続けるのはなかなか大変ですね。

極秘の使命だけあって、あまり豪華な馬車に乗る事は出来ませんし。

「はぁ、飛んでいければ楽だったのですが」

「それだとバハルン達がついてこれませんよ」

引き続きお姫様として振る舞っているメグリエルナ姫も、さすがに凝っていたのか体を伸ばしています。

今の彼女は王女として振る舞っていますが、身につけているのはドレスでも鎧でもなく、どちらかといえば教会の儀式で使う衣装に似ています。

これは腐食の大地を鎮める為の儀式で使う神聖な聖衣で、儀式の成功率を上げる為にかなり希少な素材を使っているそうです。

それにしても、村人達の様子がおかしいですね。

これまで寄ってきた村だと、見知らぬ旅人に村の人達が警戒なりして人の目が集まるのですが、この村ではそれが全くありません。

寧ろ私達の事など気にする余裕もないといった感じです。

そんな村の様子を訝しんでいると、ブレン元子爵が戻ってきました。

「村長との話がつきました。村長宅の部屋を貸してもらえる事になりました」

「お疲れ様ですブレン様」

けれど、ブレン元子爵は何やら怪訝そうな顔をしていました。

「どうかされたのですか？」

「いや、ちょっと妙な事になっていてな」

「『妙な事？』」

私とメグリエルナ姫が首を傾げると、ブレン元男爵は村長から聞いたという噂を教えてくださいました。

「この村は腐食の大地から最も近い村なのは既に知っていますね」

「ええ」

「はい」

「そういった立地もあって、この村は腐食の大地を抜け出してきたはぐれ魔物がウロついていないかや、毒の沼地の侵食が村にどのくらいまで近づいてきているのかを定期的に確認しているそうです」

その説明は理解できるものでした。

腐食の大地が周辺の土地に侵食する以上、村が飲み込まれる前に逃げなければいけませんからね。

「ですが数日前、突然腐食の大地が消滅したそうです」

「「消滅!?」」

「それは……どういう意味ですか？」

「文字通り、毒の沼地が消えて元の大地に戻ったそうです。なんの前触れもなく一瞬で」

「「……」」

その話を聞いた私とメグリエルナ姫は顔を見合わせます。

言葉はなくともお互いが頭に浮かべているのは一人の顔だけ。

（レクス？）

（レクスさんでしょうか？）

「それは間違い無いのですか？」

念を押すように、メグリエルナ姫がブレン元男爵に確認をとります。

「はい、数名の村人が確認に向かったそうですが、間違いないと。いつもなら腐食の大地が見える場所から毒の沼地が見えなくなり、地平線の彼方まで腐食の大地が姿を消していたそうです」

「村人はどこまで確認したのですか？」

「あくまでただの平民ですからね。あまり村からは離れていないそうです。ただそれでも、確実に腐食の大地の姿は見えなくなっているそうです」

となると、やはり思い浮かぶのはレクスさんの顔。

私達が屋敷を去った後に、レクスさんがなんらかの意図で腐食の大地をなんとかしてくれたという事なのでしょうか？

「ただ、一つ気になることが」

「気になること？」

「はい、腐食の大地が消滅する際に、女神を見たと村人が言っているのです」

「「女神？」」

私達はまたも互いの顔を見合わせました。

（あれ？　レクスじゃないの？）

（レクスさんじゃないんですか？）

「なんでも空から舞い降りた女神が腐食の大地に降り立つと、神々しい光と共に腐食の大地を消し去ったとの事です」

「神々しい光……ですか？」

これはどういう事でしょうか？

女性という事は、レクスさんではなさそうですが、それにしても国が数百年の間どうにもできなかった腐食の大地を他の人間がどうにかできるとは思えません。

「となると……聖女様でしょうか？」

「聖女？」

「はい、教会の総本山がある聖教国には、聖女に認定されたフォカ様がいらっしゃいます。フォカ様はSランク冒険者でもありますので、もしかしたら教会が新たに開発したなんらかの神聖魔法を行使して腐食の大地を浄化したのかもしれません」

「教会のS級冒険者ですか……バハルン、どう思いますか？」

メグリエルナ姫がバハルン卿の意見を求めます。

彼女にとって、父親……というよりは祖父ですか、に近しい人ですからね。

「そうですな、もし件の女神が教会関係者なのであれば、国に相談してないとは思えませんな。そしてそうだった場合、メグリエルナ姫が巡礼に向かうスケジュールを遅らせるのでは無いかと思われます」

確かに、バハルン卿の考えは間違っていません。

教会が腐蝕の大地をなんとかする方法を見つけたのであれば、メグリエルナ姫は今も冒険者メグリのままでいられたでしょうからね。

「となると、考えられるのは、教会の提案した手段は信頼性に乏しく、運良く成功したら良い程度のものと思われていたというところか」

近衛騎士団を率いていたイブカ元団長は、国の中心に居たこともあって、国王陛下や官僚達の考えから私達に伝えなかったのではないかと推測を立てます。

「確かにな。成功する確率の低い方法をわざわざ教えてぬか喜びさせる事もないからな」

他の皆さんも同様の結論に至ったようです。

と、その時でした。

突然彼方から眩い光が迸ったのです。

「な、何!?」

「「「っ！」」」

まるで朝日のような輝きに私達が驚いていると、バハルン卿達が剣を抜いて即座にメグリエルナ姫を守るように囲みながら周囲の警戒を行います。

「女神様だ！　女神様の光だーっ！」

「「「女神様ーーっ！！！」」」

そして周囲にいた村人達が光に向かってひれ伏しているではありませんか。

「あれが、女神の光……？」

どうやらあの光が例の女神の光のようです。

「……行こう」

そう言ったのはメグリエルナ姫でした。

「姫……」

「何が起きているのかは分かりません。ですが腐食の大地に関わる何かが起きているのは間違いありません」

確かに、光が発生しているのは、私達が向かう予定の腐食の大地がある方角だったのですから。

「ならば確認しないといけないでしょう。腐食の大地を鎮める為に来た者として、何が起きているのかを……」

そう告げたメグリエルナ姫の表情は、旅の間の饒舌な王女の顔ではなく、私のよく知っている無口な冒険者メグリさんの顔だったように見えたのでした。

第153話　中心部と衝魔毒

「ここが腐食の大地の中心地みたいだね」

僕とリリエラさんは、腐食の大地の最奥へとやってきた。

「ここが……腐食の大地の中心部なの？」

「ええ、ここが一番毒素が濃いですから。中心部と考えて間違いないでしょう」

「なんだか……変な形ね」

リリエラさんが言う通り、腐食の大地の中心部は不思議な形をしていた。

というのも腐食の大地の中心部は、上空からみると細長い楕円形の小山を中心に、そこから七方向に細長い山が繋がっていたんだ。

そしてその内の一本の山だけが、一際高くそびえ立っていた。

「自然に出来た形状には見えないですね」

といっても、誰かが意図的にこんな形にしたのかと言われるとやはり意図が読めない。

「うーん、これは一体何なんだろ……ん？」

とそこで僕は小山の上にあるものの存在を見つけた。

「あれは……建物？」

そうだ、アレは間違いなく人工の建築物だ。

もしかしたらアレが腐蝕の大地の原因？

「調べてみましょうリリエラさん」

「え、ええ……」

僕達は小山に立っている建物に向かって降りて行く。

その時だった。

「ゲホッゲホッ！」

「リリエラさん!?」

突然リリエラさんが口から血を吐きながら苦しみだしたんだ。

僕は飛行魔法の制御を失って落ちかけたリリエラさんを抱きかかえると、彼女の症状を調べる。

リリエラさんは吐血しただけでなく、顔色が土気色になっていて、体は小刻みに痙攣している。

「これは……もしかして衝魔毒の症状!?」

リリエラさんが具合を悪くした原因が判明した僕は、即座に解毒魔法を発動させる。

「グランドアンチドート！」

解毒魔法の輝きがリリエラさんの体を包むと、体の痙攣が治まり、土気色になっていた顔に赤みが戻ってくる。

「良かった、ちゃんと効いたみたいだね」

「……うっ、私一体……？」

　症状が治まりリリエラさんの意識が戻る。

「大丈夫ですかリリエラさん？　リリエラさんは衝魔毒の症状にかかっていたんですよ」

「衝……魔毒？」

「はい、衝魔毒は文字通り体が激しい衝撃を受けたように痙攣する毒の事です。最初は吐血と軽度の痙攣から、でもすぐに痙攣の度合いが大きくなり体が跳ねるように痙攣をする様になるんです。そして大きくなった痙攣の衝撃で身体中の骨が折れ、神経や血管が断裂して最後には体がバラバラに引きちぎれてしまう恐ろしい毒です」

「怖っ!?　何なのそのデタラメな毒は!?」

「すみません、正直油断していました。衝魔毒はある魔物が由来の毒なので、まさかこんな所でそんな危険な毒に遭遇するとは思っていなかったんです」

「ある魔物由来……これって魔物の毒なの？」

「ええ、今までは中心部から遠く離れてた事で毒が拡散して弱くなっていたみたいです。だから気付くのが遅れてしまいました。本当にすみませんリリエラさん」

「い、いいえ、助けられたのはこっちだし。むしろ私がお礼を言わないといけないくらいだわ。ありがとうレクスさん」

　僕の不注意で毒に侵されてしまったのに、リリエラさんは僕を怒るどころか感謝までしてくれた。

　こんなに優しい人を危ない目に遭わせてしまったなんて、本当に申し訳ない思いだよ。

「けど、それじゃあ迂闊に降りる事は出来ないわね。レクスさんの解毒魔法で治療できるとしても、何度も治療してたらそれこそ命がいくつあっても足りないわ」

「あっ、それは大丈夫ですよ。さっきのグランドアンチドートは解毒するだけじゃなく、しばらくの間毒を無効化する効果を持っていますから」

「そう、じゃあやっぱり無……って、え？　無効化？」

「はい、数時間は大丈夫ですよ」

「……」

　僕が答えると何故かリリエラさんが無言になってしまった。

「あれ？　どうしたんですかリリエラさん？」

　もしかしてまだ具合が悪いのかな？　だとしたらもう一度解毒魔法をかけた方が良いかも。

「待って、ちょっと待って。レクスさんは今の魔法で私が死にかけた猛毒を解毒したのよね？　なのにその魔法は猛毒による症状を治療するだけじゃなく、毒を無効化なんて出来るの!?」

「はい、出来ますよ。時間制限はありますけど」

「ちょっとちょっとちょっと!?　それっておかしくない!?　猛毒を解毒するのと毒を無効化するの

って別の魔法なんじゃないの!?　なんでさらっと無効化まで出来ちゃうの!?」

「いやぁ、また後で再解毒するのも面倒ですし、だったら解毒する際に毒を解析して一時的に抗体効果を持たせる魔法にした方が楽かなって」

「それ絶対楽じゃないから！　普通の魔法使いはそんなちょっと手抜きしちゃおっかなーってノリでとんでもない魔法作ること出来ないから！」

「でも毒を解毒するだけだと、すぐにまた毒に侵されての繰り返しですし、効率を考えると無効化できる方が良いと思いませんか？」

「そ、そりゃまぁそうだけど……」

「つまりはそういう事です。ただ問題を解決するだけじゃなく、次からは同じ問題で躓（つまず）かない様にあらかじめ対策するのが効率的な技術の使い方なんです」

「うーん、そう……なの……かな？」

うんうん、リリエラさんも納得してくれたようで何よりだよ。

本当なら永続的に毒の無効化をしたいところだったけど、魔法である以上は効果が切れてしまうのは仕方ないからね。

それにその為にマジックアイテムが存在している訳だし。

うん、帰ったら衝魔毒にも対抗できる解毒マジックアイテムを作らないとね。

ここで採取できる素材を使えば、それを作る事も出来るからね。

「よーし、それじゃあ今度こそあの建物に行ってみましょうか！」

「お、おおー……？」

第154話　封印の神殿

「随分と古い建物ね」

小山の上に建てられた建物に近づくと、その詳細がはっきり見えてくる。

「これは、人が住む建物じゃあないですね」

どちらかというと、なんらかの儀式を行う為の神殿のようだ。

その建物はだいぶ劣化していて、いつ倒壊してもおかしくなさそうに見える。

多分腐食の大地の毒が建材の劣化を早めているのかもしれない。

「中に入ってみましょう」

「ええ」

建物に近づいたその時だった。

「ん？」

僕はある違和感を肌に感じた。

「これは……」

「どうしたのレクスさん？」

僕の様子を見たリリエラさんが何かあったのかと聞いてくる。

「いえ、なんでも……」

うん、気付かれるとマズイし、今はまだ口に出さない方が良さそうだね。

◆

建物の中はシンプルだった。

中に家具の類はなく、たったひとつボロボロの大きな祭壇があるだけだったからだ。

「あれは一体何かしら？」

リリエラさんもあからさまに鎮座している祭壇が気になる様で、首を傾げている。

祭壇の上には複雑な文字が書かれた大きな円盤が立っている。

後ろに展示用の支えがついた飾り物の絵皿を大きくした感じと言ったら通じるかな？

「うーん、これは何かの封印のようですね」

「えっ!?　見ただけで分かるの!?」

「ええ、見てください。この祭壇に刻まれた文章を」

「え？　これって文字だったの!?　模様じゃなくて!?」

祭壇に刻まれた文字に気付かなかったと言われ、僕は少し驚いてしまった。

リリエラさんは冒険者ギルドの依頼ボードに貼られた文字を読める筈なんだけど……

「もしかしてこれが古代文字ってヤツなの？　初めて見るわ……」

ああ、そうか！　この文字は僕の時代の文字だから、リリエラさんから見たら古代文字なんだ！

危ない危ない、うっかりしていたよ。

「ええと……リリエラさんはこれまでの冒険で古代文字に触れる機会はなかったんですか？」

「残念ながらなかったわね。私は故郷の皆の病を治す為に、魔獣の森近辺で活動していたから、遺跡探索をする事はなかったわ。強いて言うなら天空人に出会った時と、レクスさんのサポートとして参加した鉱山内の地下遺跡くらいかしら。まぁどちらも遺跡そのものに触れる機会はなかったけど」

そういえばそうだなぁ。

天空人とのゴタゴタの時は遺跡である天空城よりも、森島で採取したり西の村にいた時間の方が長かったしなぁ。

鉱山内の地下遺跡でも、リリエラさん達はキャンプ地の護衛に回っていたから、遺跡の書庫には入っていなかったっけ。

「なら今度どこかの古代遺跡にでも冒険に行きませんか？」

「ぷっ」

と、急にリリエラさんが笑い出したので、僕は戸惑ってしまう。

「リ、リリエラさん？」

「ご、ごめんなさい。でも危険な古代遺跡なのに、まるでデートに誘うみたいな気軽さで言われたものだから」

「デ、デート!?　あ、いえそんなつもりで言った訳じゃ……」

「分かってるわ。レクスさんにそんなつもりはないって事は。でも本当に気軽に言っちゃうんだもの」

びっくりしたなぁ。まさか古代遺跡探索をデート扱いされるとは思わなかったよ。

「ふふ、それならダンジョン探索とか面白そうよね」

ダンジョン探索かぁ。前世だとあんまり縁の無かった場所だなぁ。

基本的に英雄の仕事は魔人討伐だったから、魔人がいない場所は自然と縁遠くなっちゃったんだよね。

「それにしてもこの封印、ちょっと厄介な事になっていますね」

「厄介って……もしかしてコレが原因？」

リリエラさんは祭壇の上に鎮座している術式が刻まれた円盤に大きく刻まれた斜めの傷を指差す。

「ええ、これは明らかに後から付けられた傷ですね。この傷が原因で封印が弱まって腐食の大地の侵食が早まったみたいです。中心地の毒の濃度だけが異常に高いのもそれが原因ですね。しかもその余波で封印そのものも急速に劣化しています」

誰だか知らないけど、面倒な事をしてくれたなぁ。

お陰で周囲の村の人達が迷惑してるじゃないか。

「それってマズイんじゃないの？」

「マズイですね。このままだと封印が完全に壊れて、中に封じられているヤツが解放されてしまいます」

と言っても、これまでの出来事で何が封印されているのかは大体予想出来たんだけどね。

ただ気になるのは、なんでわざわざ封印なんて面倒な手段を取ったかなんだよなぁ。

何かに利用する為にワザと封印なんて手段を取ったのかなぁ？

この封印は一度かけたら壊れるまで解除できない使い切りみたいだから、何かに再利用する為って訳でもなさそうだし。

「ねぇ、封印が壊れたらどうなっちゃうの」

リリエラさんが不安そうな様子で封印が壊れたらどうなるのかと聞いてくる。

「そうですね、封印によって内部で凝縮されていた毒素が一気に噴出し、腐食の大地に生息していた毒持ちの魔物達が全滅すると思います。そして腐食の大地が一気に広がって相当な範囲が毒の沼に沈むでしょう」

「毒持ちの魔物まで死んじゃうの!?」

「ええ、さらに逃げる間も無く町や村が腐食の大地に飲み込まれる為、多くの人々の命が失われます」

「そ、そんな!?　逃げる間も無いなんて……」

多くの命が失われると知り、リリエラさんの顔色が真っ青になる。

「ねぇレクスさん、封印はどのくらい保つの？　早く近くの町に戻って、冒険者ギルドに頼んで避難を要請するべきだわ！　ギルドなら国に事態を報告することもできるし、レクスさんはSランク冒険者だから情報の信憑性も段違いよ！」

リリエラさんは最悪の状況を想定して青くなりながらも、すぐに次善の策を提案してきた。この判断力は流石Aランク冒険者だね。

ただその方法を取るにはちょっと時間が足りないんだ。

「リリエラさん、申し訳ないんですけど近隣の人々を避難させるには時間が足らないんです。封印が解けるまではもう三日を切ってる状況です。それも長くて三日です」

「そんなに!?　で、でも荷物を捨ててすぐに逃げるように言えば命だけは助かるわ！」

「いえ、それでも間に合いません。封印の古さと中心地の毒の濃度を鑑みると、封印が破れた際の余波は最低でも王都まで届くと思います。全員が馬車に乗っても間に合いません」

「そ、そんな……」

「だからちゃちゃっと再封印しちゃいましょうか」

「……そんな、再封印しか無いなん……って、え？」

リリエラさんがキョトンとした目でこちらを見てくる。

「はい、封印が壊れる前に避難するのは無理なので、まずは再封印してから改めて対処するべきかなと」

「じゃなくて、再封印なんて出来たの？」

「はい、出来ますよ」

「何でっ!?」

「何でって、この封印を読み解けばどんな封印をしたか分かりますし」

「何でそんなに簡単に分かるの!?」

「古代語を読めれば誰でも分かりますよ」

「絶対嘘でしょぉぉぉぉぉぉぉっ！」

嘘じゃないんだけどなぁ。

「はぁ、封印が壊れた時の事を真剣に考えてた私がバカみたいじゃない……っていうか、再封印なんて出来るのなら最初から教えてよもう！」

「あー、すみません。封印が解けたらどうなるのかって聞かれたので、てっきり封印が解けた後の対処法を考えていたのかなって思って」

「最初から前提にズレがあったって訳ね。今度からはレクスさんに対策があるか聞いてから考えることにするわ」

「あはは……じゃあまずは暫定の封印をつくっちゃいますね。その後改めて正式な再封印をします」

「暫定？　すぐに正式な封印をしないの？」

「壊れかけの古い封印が残ってますから、これがある状態で再封印を掛けると後で何かトラブルが発生する危険性がありますから。だから仮の封印を外に作っておいて、元の封印が壊れたら仮の封印によって放出された毒素と封印されていたモノを閉じ込めます。その後改めて本封印をします」

「手間がかかるのね」

「代わりに新しい本封印は解除しなくても新しい封印を上から被せることが出来るようにするつもりです」

「成る程、未来の人達が困らないよう敢えて面倒な作業をするって訳ね」

リリエラさんがそういう事かと納得する。

「そういう事です！」

「……ただ問題は、未来の人達がレクスさんの封印をちゃんと理解出来るかって事よね」

「何か言いましたかリリエラさん？」

「ううん、何でも無いわ」

「じゃあ仮の封印をしちゃいましょうか……っとその前に、そろそろ出てきたらどうだい？」

僕は出口に隠れている人物に向かって声をかける。

「え？」

リリエラさんがなんの話？　とキョトンとした声を上げる。

「気付いていたか……」

空っぽの神殿に第三の声が響くと同時に、入り口の近くの柱から一つの影が現れる。

「嘘っ!?　こんな所に人が!?」

リリエラさんが驚くのも無理はない。

ここは高濃度の衝魔毒に侵された文字通り呪われた土地だからね。

「リリエラさん、思い出してください。封印は何者かによって傷つけられた事で弱まってしまったんですよ」

「じゃあアイツが犯人な……の？」

姿を現した犯人の全容を見たリリエラさんが緊迫した声で呟……けなかった。

何しろ僕も犯人の姿に何が起きているのかと困惑してしまったからだ。

「そうとも、私が腐食の大地の封印を破壊した張本にゲホゴホガホッッ!!」

犯人は最後まで言い切る事なく盛大にむせた。

そう、姿を現した犯人……いや魔人は全身から血を噴出しながら死にかけていたからだ。

「……って、なんで犯人が死にかけてるの!?」

一体どうなってるの!?

第155話　大魔獣復活!?

腐蝕の大地の弱まった封印を再封印しようとしたその時、封印を傷つけた張本人が僕達の前に姿を現した……んだけど。

「そうとも、私が腐食の大地の封印を破壊した張本にゲホゴホガホッッ!!」

犯人である魔人は何故か死にかけていたんだ。

「ってなんで魔人が死にかけてるの!?」

「クッ、ククク……残念だったな人間共。封印の掛け直しの為にやって来たのだろうが、封印はもはやこの有様よ！」

「むしろ貴方の方がこの有様じゃない？」

リリエラさんの言う通り、魔人はもう虫の息だ。

全身が痙攣を始めていて、明らかに衝魔毒に侵されている。

魔人の強靱な肉体でなかったらとっくに死んでいるよ。

けど、なんで魔人が衝魔毒に侵されているんだろう？

前世の魔人は殆どの毒を無効にするレベルで毒に強かった筈なんだけど……まさか!?

「気をつけてくださいリリエラさん」

「レクスさん？」

「魔人が死にかける程の猛毒です。封印されている存在はもしかしたら僕の想像を遥かに超える存在かもしれません」

僕の危惧を肯定するように、魔人が壮絶な笑みを浮かべる。

「ク、クククッその通りよ！　この地に封印されているのはかのゴホゴホゴホッ……大魔獣ヴェノムビート！　大陸一つを容易に毒で満たすと言われたあの毒虫よ！」

「大魔獣ヴェノムビートですって!?　あの伝説の!?」

やっぱりか。衝魔毒はヴェノムビートが撒き散らす厄介な猛毒、ならこの地に封印されているのはヴェノムビートに他ならない。

けど、厄介なのはそこじゃあない。

本来ヴェノムビートの毒程度じゃ、魔人を毒で侵すことなんて出来やしないってことなんだ！

つまり、この地に封印されているヴェノムビートは、僕の知っているヴェノムビートなんかより遥かに危険な、おそらくは突然変異で生まれた特殊個体、もしくは古代の魔法使い達によって改造された生物兵器の可能性が高い。

成る程、だから封印なんて手間のかかる手段が取られたんだね。

前々世でも改良出来たは良いけど、代わりに制御ができなくなったから仕方なく封印したとか言う話は毎日の様に聞いていたからね。

「よもや封印に亀裂を入れただけでこの身が毒に侵される程とは思いも寄らなかったが……これならば人間共の世界を破滅させるに十分！　人間共がヴェノムビートの毒で滅んだ後に我々がこの世界を支配してくれよゴホゲホガホッ！」

「えっと、ちょっと聞いていい？」

と、リリエラさんが魔人に対して手をあげる。

「フッ、なんだ人間の娘よ？　命乞いの方法でも聞きたいのか？」

「そうじゃなくて、魔人である貴方でも耐えられない猛毒に世界が侵されたら、貴方達自身が暮らせなくなるんじゃないの？」

「……」

「……」

「……」

「……あ」

「『考えてなかったんかーい！』」

ちょっと待って待って！　本当に何も考えてなかったのこの魔人!?

「し、仕方がなかろう！　私とてここまでの猛毒とは思ってもいなかったのゲホゴホガホッ！」

魔人が血を吐きながら自己弁護するけど、それは流石に無計画にも程があるんじゃ。

「諦めて治療の為に帰った方が良いんじゃない？」

「ク、ククク ッ、残念だが仲間からは手の施しようがないと匙を投げられたわ。そしてこの計画を成功させなければ、私に帰る場所はない！　故に、なんとしてでもこの計画は成功させる！」

うーん、どうやら猛毒に侵されてヤケになっているだけみたいだね。

「敵ながら世知辛いわね……」

「そっちの事情は分かったけど、だからといってヴェノムビートを目覚めさせる訳にはいかないんだよ」

封印するしか対処のしようがなかった程の猛毒を持つ特殊個体、目覚めたらどれだけの被害が発生するか分かったもんじゃない。

さっきリリエラさんに説明した被害予想なんか比較にならない被害が出るだろう。

「お前を倒して封印を掛け直す！」

「ク、ククク、それはどうかな」

けれど魔人は相変わらず不敵な笑みを浮かべていた。

「2対1ってだけじゃなく、毒で死にかけているのに随分と自信満々ね」

「ふっ、確かにな。だが言った筈だ。私の手によって封印は崩壊寸前だとな。それはつまり、ほんの僅かなキッカケだけで封印は完全に破壊されるという事だよ！　ハアァァァァァッ!!」

魔人が魔力を全開にし、僕達との戦いを始めようとしたその時。

「これだけで十分なのだよ」

魔人がニヤリと笑みを浮かべると、後ろからパキン、と封印の壊れる音がした。

「しまった！」

まさかそこまで封印が弱まっていたなんて！

「結界をっ！」

「させるかぁっ！」

慌てて僕が結界を張ろうとした瞬間、魔人が飛びかかってきた。

自分が死ぬ事も厭わずに僕の妨害をするつもり!?

予想以上に躊躇いのない行動に、僕は困惑する。

ここまで弱った魔人の攻撃なら防ぐ事自体は簡単だ。

でもそれじゃあ壊れた封印から溢れ出た猛毒を封じるのが、一瞬だけど遅れる！

そうなったら近隣に暮らす人々がヴェノムビートの猛毒の犠牲になってしまう！

「させないわよ！」

その時だった。魔人の行く手を遮るかのように、リリエラさんが立ちふさがったんだ。

「ハァッ！」

リリエラさんは魔人の攻撃を受け止めると、その力を受け流して魔人を弾き飛ばす。

「ぐぅっ!!」

それと同時に、僕の結界魔法が間に合った。

「グランドエリアサンクチュアリ！」

僕の発動した大規模結界は、吹き出した猛毒が周辺に広がる前に完全に閉じ込めることに成功する。

「だ、だが結界を張れば今度は貴様達が毒で死ぬぞ！」

分かっているさ！　僕はすぐに解毒魔法を発動させる。

「ハイグランドアンチドート！」

僕は最上級解毒魔法を展開して自分達に襲いかかる猛毒を即座に解毒した。

全方向から迫ってきた禍々しい色の猛毒の風が、瞬く間に正常な空気に浄化されてゆく。

「な、何だとぉぉぉっ!?」

「リリエラさん上に逃げます！」

「わ、分かったわ！」

僕達は毒の空気から逃げる為上空へと避難する。

いくら毒の空気を浄化しても、発生源であるヴェノムビートを始末しない限りイタチごっこだからね。

僕らが十分な高度まで避難すると同時に封印の神殿が建っていた小山が振動を始めた。

「何？　地震？」

「いえ違います。ヤツが復活するんですよ」

上空から見るとヤツが目覚める光景がハッキリと見えた。

楕円形の小山から放射状に伸びた七本の峰が崩壊し、中から細い光沢を持った巨大な金属の柱と見紛う足が姿を現す。

それらは地面に突き刺さると、真ん中の小山を持ち上げる。

「山が……動いてる……」

小山に建てられていた神殿は完全に崩壊し、山の表面に積もっていた草や土がこぼれ落ちてゆくことでその下に眠っていたモノの姿があらわになる。

その色は闇のように黒く、ミスリルでも切断は不可能だと言わんばかりの硬質な外殻。

何より目を引くのは、天に向かってそそり立つ一本の長大な角。

「あれがこの土地に封印されていた大魔獣……」

「はい。最強の猛毒を持つ昆虫魔獣の王、毒と瘴気の超越者、またの名を甲虫大王者ヴェノムビートです！」

第156話　ヴェノムビート咆哮！

復活したヴェノムビートがゆっくりと立ち上がると、その上に被さっていた大量の土がまるで土砂崩れの様な勢いで落ちて行く。

同時にヴェノムビートの胴体下部から、紫色の禍々しい気体が噴き出してくる。

すると周囲の毒の沼地が更に禍々しい色へと変貌していったんだ。

「リリエラさん、あの猛毒のガスには近づかないでください！」

「分かったわ！」

あのヴェノムビートは未知の猛毒を持った突然変異種だ。

迂闊に近づいたら僕の解毒魔法でも解毒できない危険な毒を繰り出してくる可能性が高いからね。

「まずは動きを止めてから再封印を施します！」

「そうはさせんぞ！」

僕がヴェノムビートの動きを止めようとしたその時、鋭い声と共に赤黒い魔力の稲妻が襲いかかってきた。

「っ!?」

僕達は魔力の稲妻を回避すると、攻撃が飛んできた方角に向き直る。

「お前はっ!?」

その攻撃をしてきたのはなんと封印を破壊したあの魔人だったんだ。

相当弱っていたし、てっきり封印を破壊した際に噴き出した猛毒の奔流から逃げ切れず、巻き込まれてトドメを刺されたと思っていたんだけど……

「生きていたの!?」

ただ不思議な事に、魔人はただ生きていただけでなく明らかに健康になっていたんだ。

さっきまで死にかけていたとは思えない程に。

「どういう事なんだ……?」

猛毒に侵された魔人は、治療を頼んだ味方にすら匙を投げられたと言っていた。

あの瀕死っぷりは、とても嘘だったとは思えないんだけど。

「ふっ、不思議そうだな」

健康になった魔人がニヤリと笑みを浮かべる。

「教えてやろう。その答えは……貴様自身だ小僧!」

「ぼ、僕!?」

魔人が健康になった理由が僕だと言われ困惑してしまう。

一体どういう意味なんだ⁉

「封印が解けたあの時、貴様が放った解毒魔法のおかげで私の体を蝕んでいた毒も解毒されたのだ！」

「「……っ⁉　あ、ああ〜〜っ⁉」」

そ、そういう事かぁーっ！

しまった迂闊だった。

まさかヴェノムビートの猛毒から身を守る為に発動させた範囲解毒魔法が魔人の毒まで解毒させちゃうなんて想定外だったよ！

「感謝するぞ小僧！　貴様のお陰で私は復活できたのだからな！」

魔人は笑みと共に手から発した赤黒い魔力を槍状に形成して構える。

「その礼に貴様等は苦しまない様に殺してやろう」

魔人が翼に込めた魔力を爆発させ高速で僕達に襲いかかってくる。

「させないわよ！」

その一撃を防いだのはリリエラさんだった。

リリエラさんの槍に込められた魔力が、魔人の手にした魔力の槍と拮抗する。

「レクスさん！　この魔人は私が相手をするわ！　レクスさんはヴェノムビートの封印に専念して！」

「いえ、毒が漏れない為の結界はすでに張っていますから、まず魔人を倒す事に専念しましょう」

さっきもこの魔人の所為で封印が破壊されたり結界の展開を邪魔されたりするところだったからね。

コイツとはキッチリ決着をつけておいたほうがいい。

けれどリリエラさんは否と声を上げる。

「私はレクスさんの仲間よ！　なら、魔人くらい一人で倒せる……いえ、倒せなくては話にならないわ！」

「ほざいたな小娘！」

二人は互いの槍を弾いた反動で後ろに下がる。

「だからここは私にやらせて！　貴方の相棒として、足手まといにはならない事を証明してみせるから！」

「っ！」

リリエラさんの言葉からは、強い意志が感じられた。

それはきっと、一人の冒険者としての矜持から出た言葉だ。

なら、その決意に水を差すのは野暮ってもんだよね。

「分かりました。その魔人は任せます！」

「ええ！　任されたわ！」

「あっ、リリエラさん」

魔人との戦いに向かおうとしたリリエラさんに僕は声をかける。

「さっきは魔人の攻撃を防いでくれて助かりました！　お陰で結界の展開が間に合いました！」

「っ!?　……ふふっ、行くわよっ！」

「ふん！　一人で私に挑んだ事を後悔させてくれるわ！」

再びリリエラさんと魔人が槍を手に突撃してゆく。

「サイクロンバースト！」

「アロガントバースト！」

二人の放った魔法が中央でぶつかり合い弾ける。

「たぁぁぁぁっ！」

「ぜあぁぁぁぁっ！」

双方とも弾けた魔法を目眩まし代わりにしてお互いに肉薄し、槍を突き合う。

二人は互いの攻撃をギリギリで回避し、そのまま互いの位置を交互に変えながら応酬を繰り返す。

よし、魔人はリリエラさんに任せて、僕はヴェノムビートの封印に専念する事にしよう。

「その為にも、まずは封印の為の魔法陣を仕込まないとね」

基本魔法で封印を行う場合、封印魔法を使えばそれで事足りる。

強力な相手を封印する場合は成功率を上げる為に、マジックアイテムや魔法陣を使って威力を上げる事もあるけど魔法自体は普通に発動させればいい。

ただヴェノムビートクラスの巨体の相手を封印する場合は話が変わってくる。

というのも、封印魔法は結界の一種だから効果範囲があるんだ。

封印魔法を発動させると一定範囲内に居る対象が封じられるんだ。

けど、相手が大きすぎて魔法の発動範囲から大きくはみ出してしまうと、魔法が失敗してしまうんだ。

だから大型の対象を封印する場合はその巨体をまるごと収める事の出来る大きさの魔法陣を描く必要がある。

もしくは結界型のマジックアイテムで対象を囲うように配置するか。

本来なら封印を解除する前にその辺りの仕込みをするつもりだったんだけど、魔人が封印を破壊した所為で準備が出来なかったんだよね。

「けどまぁ、なんとかするしかないよね」

幸い相手はあの巨体だ。

目覚めたばかりという事もあって、僕達の存在にはまだ気付いていないだろう。

そう思ったその時だった。

地上からギチギチと金属が擦れる様な音が鳴り響いたんだ。

下を見ると、ヴェノムビートが僕達に向けて長大な角を向けていたんだ。

そして次の瞬間、ヴェノムビートのツノから紫色の塊が高速で射出された。

「リリエラさん！　ヴェノムビートの毒攻撃が来ます！　高密度に圧縮されているので、城壁を破壊するほどの威力がありますから避けてください！」

僕は魔人と戦っているリリエラさんに警告する。

どうやらさっきのリリエラさんと魔人の魔法のぶつかり合いを自分への攻撃と勘違いしたんだろう。

「はぁっ!?　なにそのデタラメな攻撃は!?」

「くっ、馬鹿め！　誰が封印を破壊してやったかも分からんのか！」

高速で迫ってくる毒弾をリリエラさんと魔人がギリギリで回避しようとする。

「あっ、ダメです！　もっと大きく回避してください！」

「「え?」」

しまった、リリエラさんに言いそびれた！

「ヴェノムビートは自分の放った毒弾に超音波をぶつける事で破裂させる事が出来るんです！」

「ええっ!?」

警告と同時に耳がキーンとしだす。

地上を見ればヴェノムビートが広げた羽を高速で羽ばたかせて超音波を発生させていたんだ。

至近距離に居たらあの超音波だけでダメージを負っていたかもしれない。

「くっ！」

「ちぃっ！」

リリエラさんと魔人が慌てて毒弾から離れた直後、毒弾はお湯が沸騰するみたいに蠢いたかと思うと、次の瞬間破裂して周囲に散らばった。

「た、助かったわレクスさん……」

「ヴェノムビートの毒弾は破裂した飛沫が当たらない様に大きく避けるか、障壁系の防御魔法で防御してください。アイツの戦い方は基本的に相手を毒で弱らせるやり方です」

「デカいくせにセコイ奴ね」

あはは、確かにそう言えるかも。

毒を積極的に使いつつ、巨体も利用した戦い方をするから厄介なんだよね。

「こっちを敵と認識している以上、まずは動きを止めるのが先決だね」

こっそり近寄って封印しようと思ったけど、流石にそう上手くはいかないみたいだ。

「という訳で、動きを封じさせてもらうよ！　グランドジオランサー！」

僕は広域殲滅魔法でヴェノムビートの全身を貫き身動きを封じる。

復活直後だからまだ動きが鈍いのが幸いしたね。

「な、なにぃぃぃぃぃぃぃぃっっ!?」

すると向こうから魔人が驚愕する声が上がった。

きっとリリエラさんの実力に驚いているんだろうね。

うん、背中を任せられる仲間が居るってのは良いね！

「さぁ、これで動きを封じたし封印をさせてもらうよ！」

ヴェノムビートが身動きできなくなった隙に、僕は再封印の準備を始める。

上空から土魔法でヴェノムビートを囲うように真円を描き、魔法陣を描き込む準備を始める。

それにしてもこのヴェノムビート、全然抵抗してこないなぁ。

前世で戦ったヴェノムビートはもっと元気だったんだけど。

なんだかグッタリしていて、まるで瀕死の重症のように見える。

いや……もしかして死んだふりをしているのかな？

突然変異種だし、実は知能が高いのかもしれない。

成る程、僕が大規模魔法陣を大地に刻む為に降りてくるのを待っているんだね。

そして油断した僕が背中を向けた瞬間に襲いかかるつもりなんだろう。

けどそれに気付いた以上、大人しく攻撃されたりはしないよ。

「コキュートスピラー！」

反撃の隙を与えないよう、僕はヴェノムビートの体を氷の棘山で貫く。

ヴェノムビートの体を貫いた氷の棘山は傷口から溢れた毒の体液ごと体を凍らせてゆく。

死んだフリがバレていた事に気付いたヴェノムビートが苦しみのあまり足を痙攣させながら悶え

てひっくり返る。

毒霧の噴出口をこちらに向けて範囲攻撃をするつもりだな！

「させないよ！　イロウシェンフリーズ！」

発動した氷の魔力がヴェノムビートの腹にあるいくつもの毒霧の噴出口を凍らせてゆく。

毒霧を封じられたヴェノムビートは足を丸めて身を守るような姿勢をとる。

うん、むしろ守りに入ってくれた方がこっちにとっては好都合だね。

「よし、今のうちに封印の魔法陣を刻むよっ！」

「あ、あの～～レクスさん？」

と、その時、魔人と戦闘している筈のリリエラさんから、躊躇いがちな声が聞こえてきた。

「なんですかリリエラさん？」

その間も僕はヴェノムビートから意識を逸らさない。

油断を誘ってからの不意打ちを狙っていたほどの知性の持ち主だ、何をしてくるか分からないからね。

「ええと、そのヴェノムビート死にかけているっぽいし、わざわざ封印しなくても普通に止め刺した方が早いんじゃない？」

「え？」

リリエラさんに言われてヴェノムビートをよく見ると、ヴェノムビートはピクピクと痙攣しながらグッタリとしていた。

「あれ？」

おかしいな、あのヴェノムビートは特殊な進化をした特殊個体だったんじゃないの？

なんて思いながら見ていたら、ヴェノムビートがガクリと頭を傾け、足を丸めたまま動かなくなってしまったんだ。

「虫って死ぬとああなるわよねぇ」

うん、言われてみれば夏場に道端で死んでる虫みたいに見えるかも。

「ええと、もしかして……今のでホントに死んじゃった？」

ええ!?　ちょっと待ってよ！　だって今のは相手の動きと毒を封じる為に放った牽制の攻撃だよ!?

こんなに簡単に倒せちゃう訳ないでしょ!?

慌てて探査魔法でヴェノムビートを見るけど、その体からは一切生命力を感じなかった。

「えぇーっ!?」

ほ、本当に倒しちゃったの!?

第157話　リリエラ、魔人と闘う！

激戦が繰り広げられると思っていたヴェノムビートとの戦いは、予想外にあっさりとした決着になってしまった。

「まさかこんなに簡単に倒せちゃうなんて……」

あまりの手応えのなさに僕は肩透かしをくらってしまった。

けれどそこで僕はある可能性に思い至る。

「いや、もしかしてあの封印は突然変異で生まれたヴェノムビートの力を削ぐ為のものだったのかも！」

そうか、毒性が高いとはいえ、何でわざわざ封印なんて手間をかけたのかと思ったら、そういうことだったのか！

「そこまでしなければ弱体化出来ない程アイツは強かったって事なんだね」

当時の関係者達も、未来に不安の種を残すのはさぞ心配だっただろうなぁ。

でもお陰で僕達が倒すことができましたよ！

「……何故かしらね。いやいや、それは違うんじゃない？　って私の中の何かが叫んでいる気がするんだけど」

おや？　リリエラさんには何か気にかかる事があるのかな？

「と、それよりもヴェノムビートの死骸を処理しないとね。あれをなんとかしないと土地を浄化してもまた汚染されちゃうよ」

「ハイエリアピュリフィケーション！」

広域浄化魔法を発動させた僕は、念の為風の魔法を使って新たに湧き出る毒の空気を逸らしながらヴェノムビートに接近する。

「えいっ！」

そして魔法の袋にヴェノムビートの死骸を収納した。

「これで土地の汚染源は排除できたね」

あとは再度汚染されてしまった土地を浄化し直せば、腐食の大地に近い場所で暮らす人達も毒の沼地の拡大に悩まされずに済むぞ。

と、その時だった。

空中で激しい爆発が起きる。

「あっちもそろそろクライマックスみたいだね」

◆リリエラ◆

私が魔人の相手をしている間に、レクスさんはあっさりとヴェノムビートを倒してしまった。

正直言ってもっと時間が掛かるかと思っていたんだけど、予想以上に早く倒したわね。

まぁレクスさんだから当然といえば当然なんだけど、何やらヴェノムビートをあっさり倒せた理由を考えて納得していた。

うん、間違いなく勘違いな気がするわ。

「う、うおぉぉぉぉぉぉっ！　よくも私のヴェノムビートをぉぉぉぉぉっ！」

と、レクスさんのトンデモなさに呆れていたら、ヴェノムビートをあっさりと倒された事で放心していた魔人が復活した。

しまった、相手がショックで呆けている間に攻撃しておけばよかったわね。

私もついツッコミを入れちゃってたわ。

「許さん！　許さんぞゴミ共がぁぁぁぁっ！　タダでは済まさん！　これ以上ないほどに苦しめ抜いた末に殺してくれるぅぅぅぅっ！」

自分達の計画の要であるヴェノムビートを討伐され、魔人が激昂する。

まぁ確かに、魔人ですら命の危険にさらされる毒を撒き散らす巨大な魔獣なんて、普通に世界を滅ぼせるシロモノだものねぇ。

でもそんなアレをどうやって支配するつもりだったのかしら？

「まずは貴様からだぁぁぁぁ！　仲間の首をあの小僧に見せつけてくれるわ！」

魔人は目の前にいた私に向かって魔力で出来た槍を突き出してくる。

怒りに我を失っているように見えるけど、その槍捌きにブレはない。

魔人は私の肩を狙って槍を放つ。

こういう時の基本は動きを鈍らせる為に足を狙うものなんだけど、私達はどちらも飛べるから足を怪我しても回避に影響はないのよねぇ。

魔人もそれを分かっているから、武器を持つ腕を狙ってきたみたいね。

「でも当たってあげる気はないのよね！」

高速で飛び回りながらの戦闘で攻撃を当てるのは簡単じゃない。

自由に飛び回れるとは言っても、攻撃をする為に踏みしめる地面が無いのがやりにくいのよね。

レクスさんが言うには、攻撃をする時足の裏に一瞬だけ魔力で足場を作ると踏ん張りやすいって話なんだけど、なかなか慣れないのよねぇ。

だから私の空中戦は基本的に回避をメインにして、隙を見つけたら攻撃をするスタイルになる。

いやホント、レクスさんみたいに空中で敵をスパスパ切るとか、難しいってレベルじゃないんだからね！

私は魔人の攻撃を可能な限りギリギリで回避する。

その時だった、攻撃を回避した私に対して、魔人が僅かに口の端を吊り上げたの。

「っ！」

背筋にゾクリと悪寒が走り、本能が私に避けろと危険を告げる。

全力で斜め後方に下がりながら、それでもまだ足りないという本能の声に従って体を後ろに反らせた瞬間、魔人の手にしていた槍の穂先が破裂した。

あり得ないことに穂先は真横に向かって伸び、先ほどまで私の頭があった場所を貫く。

「ちっ、外したか」

「……そういえば、その槍って魔力で出来ているのよね。まさか形を自由に変える事が出来るとは思わなかったわ」

「ふん、人間はこの程度の事も出来ぬのか？」

挑発してくれるじゃないの。

でも厄介な事には変わりないわね。

相手が槍の形を自由に変える事が出来るのなら、接近戦は危険だわ。

「でも私もいつまでも足手まといじゃ居られないのよね！　アイスラッシュ！」

魔法で生み出した氷の塊を連続で放って魔人を攻撃するけれど、魔人は意に介す事なく私に向かってくる。

「フハハハハハッ！　なんだこの玩具は！　これでも攻撃魔法のつもりか？」

でもね、そんな事は先刻承知なのよ！

「ウォーターブラスト！」

「うぉっ!?」

氷の弾幕で魔人の視界を奪い、その隙に位置取りを変えた私は、大きな水の塊を魔人にぶつける。

「効かんと言って……」

そして私は本命の攻撃を放つ。

「ブリザードブレス！」

「ぬぅっ！」

放たれた魔法の吹雪が魔人に襲い掛かる。

「ふんっ！　先ほどの水遊びに比べれば多少はマシだが、どちらにせよこの私には……何!?」

ここに至ってようやく魔人は自分の体に起きている現象に気付く。

「か、体が凍って……!?　まさかさっきの攻撃はこの為か!?」

「気付くのが遅いわよ！」

そう、最初の氷も次の水もただの目眩ましなんかじゃない。この吹雪の魔法の効果を高める為の伏線だったのよ！

「同系統の魔法を組み合わせれば威力を増す事が出来るって習ったのよ！　無詠唱で大量の氷と水を連続して放った所に吹雪を受ければ、当然体が凍る速度は速くなるわよね！」

これなら本職の魔法使いでない私でもミナと遜色のない威力を発揮できるわ！

……とはいえ、レクスさんの見せてくれた参考は、どう見てもレクスさんにしか出来そうもない内容だったから、それを私に出来るやり方で再現したものなんだけどね。

だから私に適性のある氷属性の魔法でしかこうも上手くはいかないのよね。

「お、おのれぇぇっ!!」

魔人は氷から逃れようともがくけど、その体はどんどん凍りついていき身動きがとれなくなってゆく。

「ええいっ！　うっとおしい！」

魔人が両手から炎を放ち、氷を溶かし始める。

「ふははははっ！　所詮人間の魔法などこの程度よ！」

「ええ、その程度で十分なのよ」

「何っ!?」

貴方の懐に飛び込む隙が出来ればねっ！

魔人が氷を解かす為にもがいている間に、私は目前まで迫っていた。

「その炎を出している間は、あの槍を使う事は出来ないもんね」

「しまっ!?」

そう、あの赤黒い槍は、いわば魔法で出来た槍。

だったら、他の魔法を使っている間はあの槍を使う事が出来ない。

「喰らいなさいっ！」

属性強化によって氷を纏った槍が、魔人の胸を貫いた。

「ぐはっ⁉」

そして体内に浸透した氷の魔力が魔人を内側からも凍らせてゆく。

「ふっ！」

身体強化によって強化された筋力で槍を横に薙ぐと、凍った魔人の体を割り砕きながら槍が抜けた。

そしてそのまま魔人の体が地上へと墜ちてゆく。

「ふぅ、なんとかなった感じね」

私は魔人にとどめを刺すべく、地上へと降りてゆく。

「お疲れ様ですリリエラさん！」

地上に降りると、レクスさんが出迎えてくれた。

「ありがとうレクスさん。でもまだとどめを刺していないから」

ここで油断をして魔人の反撃を喰らったら元も子もないものね。

私が相手をすると宣言したんだから、最後までしっかりしないとね。

「う、うう……」

けれど魔人は反撃をする様子もなく、地に倒れ伏したまま呻いていた。

満足に飛ぶ事も出来ずに落ちたくらいだから、ダメージは本物だったみたいね。

「せめてこれ以上苦しまない様にとどめを刺してあげるわ」

相手をいたぶる趣味もないしね。

「く、くくく……」

けれど魔人は何故か笑い声を上げた。

痛みに苦しみながらも、魔人は確かに笑い声を上げたの。

「私を倒してさぞ愉快な事だろうな……だが、これで全てが終わったと思うなよ！」

時間稼ぎ？　ううん、そんな雰囲気でもないわね。

何か不気味な感じだわ。

「確かに私は貴様に敗れた……そ、そしてヴェノムビートもそこの小僧によって討伐された……認めたくないが、認めなくてはなるまい」

意外な事に、魔人は私達に敗北した事を素直に受け入れたみたいだった。

「だが、これで終わりではない！　そう、ヴェノムビートの災厄はこれからが本番なのだよ！」

「ど、どういう意味!?」

「卵だよ」

「卵……？」

「そうだ、ヴェノムビートはこの地に封印される前に大量の卵を腐食の大地に産んでいたのだ！　そして卵は広大な毒沼で死んだ幾多の生命を自らの養分として肥え太り、生まれる瞬間を待っていたのだ！」

「な、何ですって!?」

無数のヴェノムビートの卵!?　そんなものが孵化したら大変なことになるわ！

「十分な栄養を貯めた卵はヴェノムビートの復活に呼応して間もなく目覚める！　世界を滅ぼす無数の毒虫が放たれる瞬間を目の当たりにするが良い！」

「ど、どうしようレクスさん!?」

「落ち着いてリリエラさん。探査魔法で孵化したヴェノムビートの子供の反応を探ります！」

「で、でも、腐食の大地は広いのよ！　そこに卵を産んでいたのならどれだけ広範囲に産み付けられたのか分からないわよ!?」

「その通りだ！　そしていくらヴェノムビートを討伐出来るお前達であっても、この広大な腐食の大地で孵化した全てのヴェノムビートの仔を討伐するなど不可能！　お前達が戦っている間に逃げたヴェノムビートの仔達が新たな腐食の大地を作り出す事だろう！」

不味いわ！　不味すぎる！　まさか最後の最後でこんなとんでもない事になるなんて！

このままじゃ周辺の町や村がヴェノムビートの被害に遭う！

「……あれ？」

けれど何故かレクスさんの発した声は、慌てるものではなく、どちらかと言えば困惑だった。

「どうしたのレクスさん？」

「いえそれが、とりあえず探査魔法で半径１００キロ以内を探査してみたんですけど、強力な力を持った魔物の反応がないんですよ」

「え？　それってどういう事？」

「うーん、以前戦ったジャイアントポイズンセンティピードぐらいの反応はあるんですが、ヴェノムビートの子供と思しき反応は無いんですよね」

「それじゃあ卵はもっと離れた場所に産み付けられたって事？」

それじゃあどこに卵があるか分からないわ！

「いえ、それはないと思います」

「え？　そうなの？　どうして？」

「ヴェノムビートが卵を産み付けたのはずっと昔の事ですから、その頃はまだ腐食の大地ももっと狭かったと思うんですよね。実際教会の司祭様達が腐食の大地の侵食を抑えていたって話ですし」

「あっ」

言われてみればそうだわ。

確かにレクスさんの言うとおり、封印された当時の腐食の大地はもっと狭かったと思う方が自然よね。

「でもそれじゃあヴェノムビートの子供はどこに？」

「突然変異種だから地中に隠れているかもしれません。ちょっと魔法で地面を掘り返して調べてみましょう」

「地面を掘り返す？」

それってどうやって？　と聞く間もなくレクスさんが魔法を発動させる。

「ハイエリアアースクエイク!!」

次の瞬間、地面が凄まじい勢いで揺れ出した。

「きゃっ!?」

「うぉぉぉっ!?」

私は慌てて飛行魔法で空中に上がると、地上がまるで生き物のようにうねっている光景を目にした。

「これ全部レクスさんの魔法でやってる訳!?」

「あっ、何かあった」

「え？」

「ほら、あそこです」

レクスさんが指さした方向を見ると、私達のいる場所から離れた場所に白くて丸いモノが大量に湧き出していた。

「見に行きましょうか」

レクスさんは魔法を解除すると、死にかけの魔人を摑んで地上に現れた丸い塊のもとへと降りてゆく。

「おおー、結構デカいですね」

「ほんと、私達と同じくらいの大きさね」

「どうやらこれがヴェノムビートの卵みたいですね」

レクスさんの言うとおり、地上に湧き出したそれは大きな卵だった。

おっかなびっくり槍で突いてみると、槍の先端がゆっくりと刺さっていくほど柔らかかった。どうも鳥や爬虫類の卵と言うよりは、虫や魚の卵の様な柔らかい卵みたいね。

「でも卵はすぐに孵化するんじゃなかったの？　これから生まれるのかしら？　あっ、だとしたら早く卵を破壊した方が良いわよね！」

「いいえ、その必要はなさそうですよ。この卵死んでますし」

「え？」

私が急いで卵を壊そうとすると、レクスさんはそう言って私を制した。

「死んでるってどういう事？」

「この卵からは探査魔法が生命力を感知していないんです」

「そうなの？」

「ええ、魔人の話が確かなら、この卵の中には今にも生まれそうなヴェノムビートの子供がいる筈です。ですが魔法はそんなヴェノムビートの子供の生命力も魔力も感知していないんです」

「だから死んでると？」

「はい」

レクスさんがはっきりと断言する。

「馬鹿な！　死んでいるなどありえん！　腐食の大地には大量の死体が沈み、そこから流れ出た栄養が卵を育ててきたのだぞ！　外敵もなしに死ぬなどありえん！」

死にかけの魔人があり得ないあり得る筈がないと否定の声を上げてくる。

「じゃあちょっと確かめてみましょうか」

そう言うや否や、レクスさんはヴェノムビートの卵に刃を通す。

そしてあっという間に卵の殻を真っ二つにして中身をあらわにした。

「あー、やっぱり死んでいますね」

見れば卵の中には小さな、と言っても私達からすれば十分すぎる程の大きさのヴェノムビートが入っていた。

ただし親と同じように足を丸めていたけれど。

「確かに死んでるわねぇ」

理由は分からないけど、ヴェノムビートの子供達は既に死んでいたみたいだわ。

「でもどうして死んでしまったのかしら？　魔人の話が本当ならそうそう簡単に死なない筈よね？　天敵にでも襲われたとか？」

「ありえん！　ヴェノムビートの卵は腐食の大地の底に沈んでいたのだ！　毒によって守られた卵を狙う命知らずなどいる訳がない！」

親を狙ってあっさり倒した人は居るみたいだけどね。

「あっ……もしかしたら広域浄化魔法で浄化したから毒化した栄養まで浄化しちゃったのかも」

「え？　何それ？」

「ど、どういう事だ⁉」

「ええと、恐らくですけど、ヴェノムビートの卵は腐食の大地の毒泥に含まれた水分から栄養を摂取していたんだと思います。卵は毒が守ってくれるから、わざわざ殻を硬くする必要もなかったんでしょう。代わりに泥の水分から栄養を効率よく吸収出来る仕組みになっているんだと思います」

ただ、とレクスさんは言い難そうに告げる。

「でも周囲の泥が浄化魔法で浄化されて普通の土に戻った事で、栄養を含んだ毒の泥が無くなり栄養が吸収できなくなったんだと思います。普通の生き物は卵の内部に必要な栄養素が蓄えられていたり、殻そのものが餌になっていたりするものですけど、ヴェノムビート程大きな生物だとそれだけじゃ栄養が足りなかったって事なんでしょうね」

生まれた時からある程度以上の巨体を維持する為には、常に栄養を必要とする生態だったんじゃないかとレクスさんは語る。

「ええと、要するに土が浄化された事が原因で栄養が得られなくなって、卵は餓死したって事？」

「そうなりますね」

「う、飢え死にだとぉぉぉぉぉぉぉ!?」

まさかヴェノムビートの卵が栄養不足で干からびていたとは思わず、魔人が叫び声を上げる。

「ふ、ふざけるな！　そんなくだらない理由でヴェノムビートの卵が死ぬ訳が……うっ」

けれどそこで力尽きたのか、魔人はバタリと倒れてしまった。

……なんていうか、相手が悪かったわね。

第158話　辿り着いた先で

ヴェノムビートと魔人を討伐した僕達は、これからの事を話し合っていた。

「ヴェノムビートも討伐しましたから、腐食の大地がこれ以上広がる心配もなくなりましたね」

「ええ、陰謀を企んでいた魔人も討伐したし、これで一安心ね」

「あとは遠方まで広がった腐食の大地の浄化をすれば、問題は全部解決です」

「ヴェノムビートを討伐したのにまだ浄化が必要なの？」

ヴェノムビートを倒した事で全てが終わったと思っていたリリエラさんが首を傾げる。

「ええ、腐食の大地の侵食自体はヴェノムビートが原因でしたけど、残された毒の沼地自体は残りますから。そこを浄化しないと別の毒を持った魔物がそこを住処にしちゃいます」

「そっか、万が一あのヴェノムビートの卵が残っていても不味いものね」

リリエラさんが納得したと頷く。

「そういう事です」

魔人が孵化させようとしていたヴェノムビートの卵は、僕達の浄化によって栄養供給を絶たれ死に絶えた。

けどもしかしたら、まだ浄化されていない土地にヴェノムビートの卵が残っている可能性もあるからね。

そうなったら、突然変異のヴェノムビートが再び世を騒がせてしまう危険がある。

だから腐食の大地は完全に浄化しないといけない。

「おーい兄貴ーっ！」

と、そこにジャイロ君達が声を上げながらやって来た。

「なんか急に凄ぇ魔力を感じたんだけどよ、何かあったのか？」

どうやらジャイロ君達は、ヴェノムビートとの戦いの余波を感じ取って慌ててやって来たらしい。

「大丈夫だよ。もう終わったから」

「マジかよ!?」

既に戦いが終わったと告げると、ジャイロ君は悔しそうに唸る。

「くっそーっ！　せっかく兄貴と一緒に戦えると思ったのによぉ！」

「ごめんごめん、次はちゃんと敵を残しておくから」

「絶対だぜ兄貴！」

「いやそんなご馳走を残しておくみたいな気軽さで言う話じゃないでしょ」

と、ミナさんが呆れ顔で呟く。

「あら？　戦いはもう終わっちゃってたの？」

その後ろから、アイドラ様も顔を出す。

「それで、今度は何と戦っていたの？」

「そうそう！　教えてくれよ兄貴！」

「うん、実はね……」

僕はジャイロ君達にここで起きた事件のあらましを説明する。

「……じゃあ、兄貴は腐食の大地の原因を倒しちまったって事かよ!?」

「っていうかまた魔人が事件に関わっていたの!?」

「そうなるね」

「ちなみに魔人の死体はここにあるわよ」

「うおおっ!?　マジだ！　って事は、リリエラの姐さんはマジで一人で魔人を倒したのかよ!?」

「ふふっ、まぁそういう事ね」

と、答えるリリエラさんはちょっと自慢げだ。

「キュウ！」

すかさずモフモフが魔人の羽根を齧ろうとするけれど、僕がそれを阻止する。

「キュキュウ!?」

いやそんな何で邪魔するのって顔をされても駄目だよ。

「それはリリエラさんの獲物だから駄目だよ」

「キュゥゥ～……チッ！」

モフモフは仕方ねぇなぁって感じで魔人の頭を蹴ると、地面に埋まっていたジャイアントポイズンセンティピードの方へと向かって行った。

まぁアレなら良いかな。

「くっそーっ！　俺も魔人とタイマンで戦いたかったぜ！」

「アンタの実力じゃ返り討ちよ」

「そんな事ねーって！　今の俺ならイケるって！」

「まぁまぁ、伝説の魔人を倒すなんてリリエラって凄いのね」

「……ドーラ、その反応はちょっと軽過ぎねぇ？」

討伐された魔人を見ながら微笑ましげな声を上げるアイドラ様に、ジャイロ君が困惑した様子を見せる。

このののんびりした反応、さすがはお姫様だなぁ。

「でもレクスは本当に凄いわね。腐食の大地の問題は周辺国だけでなく、教会でも頭を悩ませていた問題なのよ。それこそ勲章ものね。各国が競ってレクスを貴族として迎え入れようとするわよ」

なんて思ってたら、アイドラ様がとんでもない事を言い出した。

「ええと、その、この事は内緒にしてもらえないかな？　僕は目立つのは苦手だし、それにヴェノムビートを倒せたのも、古代人達が特殊な封印で弱体化してくれたおかげなんだから。そうでなかったら相当苦戦していたよ」

「それは無ぇと思うな俺」

「奇遇ね、私もそう思うわ」

いやいや二人とも、本当に僕だけの力じゃないから。

「でもまぁ、レクスの気持ちは分かったわ。あなた達は、メ……私の大切なお友達だものね。貴方がそうしたくないと言うのなら、私はその意思を尊重するわ。とてもお世話になっているのだしね」

「ありがとうドーラ」

ふー、アイドラ様が話の分かる人で良かった。

さすがメグリさんが仕えているお姫様だけあるよ。

「さっ、それじゃあ腐食の大地の浄化を再開しようか！　もしかしたらヴェノムビートの子供が生き残ってる可能性があるから、もし発見したら近づかずに距離を取って戦ってね」

「「「はーい！」」」

「あっ、私はゴ……じゃなくてレクスのおかげで毒耐性があるから、うっかり近づいても大丈夫ね」

「あっドーラずりぃ！　兄貴、俺も毒耐性くれよー！」

「アンタね、子供のおもちゃじゃないんだから……」

「モフモフもそろそろ行くよー！」

「キュキュウ！」

するとモフモフは何か白い塊を咥えながら戻ってくる。

「ってそれ、ヴェノムビートの卵じゃないか！」

なんとモフモフはさっき僕が地面から掘り起こしたヴェノムビートの卵を持ってきたんだ。

「キュウ！」

そしてモフモフは卵をモグモグと食べ始めた。

「キュ～ウゥ」

ええと、ヴェノムビートの卵が気に入ったのかな？

◆メグリ◆

幼い頃、私は母様に連れられて腐食の大地を見に来たことがある。

将来の自分の使命を理解する為にだ。

近づいた者の命を奪う、悍ましい毒の沼地を指して母様はこう言った。

「良いですかメグリエルナ、貴女は将来あの地獄から人々を守る為に命を捧げるのです。それが貴女が持って生まれた使命なのですよ」

母様は厳しく私に告げた。

正直子供に言う内容じゃないと思う。

けれど私は幼い頃から、国の為に、王家の為に命を捧げる事が、私達裏の者の使命だと母様から言い聞かされていた。

母様は厳しい人だったけれど、同じくらい優しくもあったから、母様を恨む気持ちはなかった。

同じように父様の事も。

あの人には立場があり、私の存在を正式に認める訳にはいかなかった事もよく分かっている。

それに、子供の頃にあの二人が仲良くしている姿を見ていたので、私は望まれて生まれてきた事もちゃんと理解している。

だから、恨む必要も感じなかった。

時々偶然出会ったフリをしながら会いにきてくれて、これまた偶然持っていたフリをしてお菓子をくれる様な人だったから。

そんな不器用な父だからこそ、私も役に立ちたいと思った。

それに影武者として傍につけられた私を、実の妹の様に可愛がってくれた実の姉の事も好きだ。

何も知らずにお姫様をしている姉を、私は羨ましいとか、本当なら自分も王女だった筈なのにと思った事はない。

王女の影武者として、王女のフリをする訓練をしてきた私は、王女がいかに面倒で窮屈で、それでいて危険と近しい立場かを良く分かっていたからだ。

私は影武者として戦闘訓練を積む必要があったので、お爺様のいらっしゃる田舎によく出かける事が出来たのも王女の立場を羨む気にならなかった理由の一つだった。

そこで出会った仲間達との思い出がとても大切だったから。

ただちょっと、私の巻き添えで犠牲になるノルブには申し訳ないと思ってはいたけれど。

でもそれはノルブも同じだったらしく、この巡礼の旅が始まる前に彼は私にこう言った。

「すみません、僕達教会が不甲斐なくて」

ああ、本当に生真面目な人だなぁと、私は思ってしまうほどに、ノルブは善良だった。

腐食の大地に関して、ノルブは何も悪くないのに。

そしてそれはバハルン達も同様だった。

老い先短いからといって、それで二度と帰ってこれない旅に出なければいけない義務はないのだから。

だからせめて、自分の義務はしっかり果たすと私は決意した。

それが、大切な人達を守ることであり、共に犠牲になってくれる人達の思いを無駄にしない事なのだと思ったから……だけど。

「神殿が……無くなってる……」

事前に聞いた話では、この辺りに小山があってその上に神殿があるという話だったのだけれど、周囲を見渡しても小山らしきものは見当たらない。

ただ、何かが崩れた様な大量の土があるだけだ。

「これは……どういう事？」

腐食の大地に到着すれば、その腐食の大地の姿が影も形も無くなっていて、更に近隣の村の人達が女神様が腐食の大地を浄化してくれたのだと騒いでいた。

そして謎の光に導かれる様に腐食の大地の奥深くに来てみれば、封印の神殿がある筈の場所に神殿は存在していなかった。

「メグリエルナ姫！　これを見てください！」

私が呆然としていると、土の中から何かを発見したらしいバハルンが私を呼んだ。

「何か見つかった？」

バハルンの元へ行くと、土の中に建物の残骸と思しき石材が埋もれているのが見えた。

「おそらくこれが封印の神殿かと……」

「となると、この崩れた土の山が神殿のある山だったということでしょうか？」

「山と言うには少々量が足りませんかな？」

「確かに」

「それよりも封印は？　封印を捜さないと」

大事なのは事情を探ることよりも封印の再封印だ。

私達は土を掘り起こして封印を捜す事にした。

「いやはや、まさかこんな所まで来て土遊びをする事になるとは思いませんでしたな」

「はっはっはっ、童心に返りますなぁ」

「お前達真面目にやれ」

「分かっているとも」

ふざけているように見えつつも、アルブレア名誉男爵はしっかり魔法を使って大量の土を掘り起こしていた。

「メグリエルナ姫！　これを！」

ノルブの声に皆が彼の元へ集まると、私達はそこに丸く削られた岩の塊を発見した。

「古代語で魔法陣が刻まれていますし、おそらくこれが封印だと思われます」

「でもこれは……」

ノルブの発見した封印の魔法陣は大きな傷によって削り取られていた。

「ノルブ殿、我々は魔法に詳しくないのだが、これは大丈夫なのですかな？」

ラッセル元伯爵達がノルブに封印は無事なのかと聞く。

けれどノルブは苦い顔で首を横に振った。

「いえ、これでは封印も意味をなしません。魔力の反応もないので、完全に壊れています」

「では封印が解けたのですか!?」

「恐らくは……」

「メグリエルナ姫、封印が解けた場合どうなるのですか？」

アルブレア名誉男爵が封印が解けた場合何が起きるのかと聞いてくる。

元宮廷魔術師長にして魔法の達人である彼はその立場もあって封印の存在を知ってはいたけれど、その中の存在については王家の最高機密として教えられていなかった。

封印は王家の機密である為、その研究を行う機関は別に存在しているのだと母が言っていたのを覚えている。

「母に聞いた話では、封印が解ければ腐食の大地を生み出した存在が解放されるそうです。そして腐食の大地を作り出した悪魔の猛毒が凄まじい勢いで広がり、毒は我が国のみならず、世界中を覆い尽くすと教わりました」

「何とっ!?」

私の言葉に皆が動揺の声を上げる。

「で、ですがその割には妙ではありませんか？　封印が破壊された割にはその悪魔の猛毒なるものも溢れておりませんし、なにより腐食の大地が消えております」

うん、それは私も気になった。

でも腐食の大地の問題はずっと昔から各国の王家と教会を悩ませてきた大問題。

それがある日突然消えて無くなるなんて思えない。

「では封印が破壊された事で、封印された何かがどこかへ去ったという事でありましょうか？」

「いえ、仮にそうだとしても腐食の大地が消えた理由にはなりません。なにか第三者の意図を感じます」

ノルブの言う通り。腐食の大地が消えて無くなった事はやっぱり不自然だ。

「ふーむ、理由はさっぱりですが、とりあえず腐食の大地が消え去ったのは喜ばしい事なのでは？何よりお二人が犠牲にならずに済んだ事が喜ばしい」

「え？」

「そうですな、どんな理由か分からんが、若者の命が失われずに済んで何よりですな」

「そう考えると、これも謎の女神の仕業なのかもしれないな。腐食の大地を浄化してくれただけでなく、封印されていた原因まで消し去ってくれるなんてありがたいにも程がある」

謎の女神……か。

けれど、本当に誰なのかしら？

女の人って話だったからレクスじゃないみたいだけど。

リリエラかミナかとも思ったけど、あの二人は浄化魔法を使えなかった筈だし、そもそも目撃情報の姿とも違う。

現状完全に謎な存在だった。

まさか本当に女神？

「確かに。女神様に感謝だな。腐食の大地を浄化してくれたことからも、悪い存在じゃないだろうさ」

「そ、そうかもしれませんが、皆さん気軽に考えすぎじゃありませんか？」

皆があまりにも簡単に納得してしまったので、ノルブの方が困惑してしまっていた。

「はっはっはっ、坊主の坊ちゃんは真面目ですな。こう言う時は気楽に考えた方がいいのですよ。分からないことに頭を悩ませても答えなんて出ませんからな」

「それもそうですな」

「ああ、謎の女神様に感謝だ！」

「「「「はっはっはっ」」」」

「はぁ……」

真面目なノルブは、老練な五人にすっかり言いくるめられてしまったみたい。

まぁ実際、腐食の大地は消えたのだから、ありがたいといえばありがたいのだけれど……

「でも、使命が無くなっちゃった……」

これまでの自分の人生の大半を占めてきた理由が無くなってしまって、私はどうすればいいのか分からなくなってしまった。

確かに生贄同然にやってきたのだから、生き残れたことが嬉しくない訳じゃないけれど、それでも釈然としないものはある。

「女神、一体何者なのかしら……？」

その後、腐食の大地に侵食されていた各国で、謎の光が腐食の大地を浄化していったと言う噂が世間を騒がせることになるのだった。

第159話　おかえりの言葉

◆国王◆

「そ、それはまことなのか……？」

余は目の前の光景を信じられない気持ちで見ていた。

何故ならそこには、断腸の思いで送り出した娘と家臣達の姿があったからだ。

「はい、私達がたどり着いた時には、腐食の大地は消滅していました」

娘の、メグリエルナの言葉に同行していた家臣達が頷く。

彼等は長年余に仕えてくれた忠臣だ。

間違っても偽りを述べる様な者達ではない。

「だが何ゆえにその様な奇跡が起きたのだ？」

それはまさに奇跡と呼ぶ以外にない出来事ではないか。

そのような都合の良い出来事が起こるとは到底思えぬ。

「現地の村人達は、女神のおかげと言っておりました」

「女神？」

「はい、女神が祈りを捧げると、周囲を光が包み、次の瞬間腐食の大地が元の大地に戻っていたそうです」

信じられぬ、女神だと？　神々を否定する訳ではないが、少なくとも神々が地上におわしたのは神話の時代の事だ。

神々は邪神との長い戦を終えた後、天上へと住居を移したという。

その後は神々が地上にお姿を見せたと言う話は残っておらぬ。

だが、メグリエルナの話が事実だとしたら、確かに神の御業としか思えぬのは確かか……

「事実、私達も腐食の大地の奥地から太陽の様な光が輝くのを目にしました。そして腐食の大地の奥、封印の神殿がある筈の場所へたどり着くと、封印の神殿はそれがある筈の小山ごと崩壊していました」

「崩壊だと!?　封印はどうなったのだ!?」

封印が崩壊すれば、封じられていた古代の大魔獣が目覚めてしまう！

そんな事になれば、世界は破滅してしまうのだぞ！

「それについては私が」

メグリエルナに代わり、神殿から遣わされた若き司祭が前に出る。

確かこの若者は高司祭の孫であったな。

あの妖怪爺ぃの身内とは思えぬ程に穏やかな顔をしておる。

「封印は何者かの手によって破壊されておりました」

「何!?」

破壊だと!?　あの毒虫の跋扈する呪われた地の封印をか!?

「で、ではやはり大魔獣は解放されたのか？」

「いいえ、封印は破壊されましたが、メグリエルナ姫が仰った通り、腐食の大地であった土地は本来の大地へと戻っており、悪魔の猛毒をまき散らすという邪悪な存在が復活した形跡はありませんでした」

「なんと……!?」

信じられん……封印が解かれたにも拘わらず、大魔獣が復活しなかったと言うのか。

「陛下、腐食の大地に関しては改めて調査をするべきでしょう」

「う、うむ。内容が内容ゆえ、腐食の大地と隣接していた他の国とも協議が必要であるな」

ラッセルが良いタイミングで口をはさんでくれた。

この辺りは長年の付き合いであるな。

おかげで大事な事を思い出したわ。

「いかんな。余とした事が、驚きのあまり大事な事を言い忘れておったわ」

「陛下？」

余は立ち上がりメグリエルナの元へと向かう。

そして困惑しているメグリエルナを、ただただ優しく抱きしめた。

「よくぞ生きて戻ってきた。余はそれが何より嬉しいぞ」

「へい……か」

いかんな、困らせてしまったか。

だが今日だけは、今だけはよかろう。

今だけは、王ではなく父として、娘の無事を喜びたいのだ。

「あ、ありがとう……ございます」

そして、余の腕の中でメグリエルナが小さく、恥ずかしそうに言葉を紡ぐ。

一体何が起きてこの様な事になったのか、何もかもが分からぬ。

たとえ我が国にとって益となる出来事であったとしても、相手の真意が分からぬ以上素直に喜ぶ訳にはいかぬ。

だがそれでも、正体不明の女神が行った結果には感謝しても良いだろうと、余は思わずにはいられないのだった。

◆

腐食の大地を解放して暫くが過ぎたある日の事。

僕達はギルド長の呼び出しを受けて冒険者ギルドにやってきた。

「あっ、待っていましたよレクスさん！」

僕達がギルドに入ると、受付嬢さんがすぐにやって来る。

「何だー？　また何かやらかしたのか大物喰らい？」

「おいおい、今度は何をやらかしたんだ？」

その光景を見ていた冒険者さん達が、僕達を冷やかす様に声を上げる。

「別に大した事はしてませんよー。っていうか急に呼ばれたんで、僕達にも何の事か分からないんですよ」

「ささ、そんな事は良いですから、奥へ来てください」

受付嬢さんは僕の背中を押してギルドの奥へと連れていく。

「って言うか俺達までついて行って良いのか？」

と、ジャイロ君が居心地悪そうに受付嬢さんに問いかける。

「ええ、今回は皆さん全員に関係がある事ですから」

「私達全員？」

リリエラさん達も何の話だろうと首を傾げる。

「ギルド長、レクスさん達をお連れしました」

「おう、入れ！」

扉の向こうからギルド長の許可が聞こえると、受付嬢さんが扉を開く。

「どうぞ皆さん」

「失礼します」

僕達が部屋に入ると、書類を読んでいたギルド長が顔を上げる。

「おう、久しぶりだな。まぁ座れ」

ギルド長に促されてソファーに座ると、流石に狭い。

メグリさんとノルブさんが居なくても四人でソファーに座るとキツキツだ。

今日はアイドラ様がゴーレムでお忍びに来てなくて良かったよ。

「一人足りない様だな」

いつものメンバーだと足りないのは二人の筈だから、ギルド長が言ってるのはアイドラ様の事かな？

「あの人は元々僕達の仲間じゃなくてソロの方なので」

「そうか、まぁそれならそれで構わん。一番話を聞きたかったのはお前だからな、大物喰らい」

「僕ですか？」

「ああ、実はしばらく前に危険領域の一つである腐食の大地が消滅した。何か知っているか？」

ギルド長は探る様に僕に質問してくる。

成る程、今回呼んだのは腐食の大地の件だったのか。

でも腐食の大地に関して僕達が関わったという証拠はどこにもない。

だから適当にしらばっくれておけば、誤魔化せるだろう。

あんまり派手にやり過ぎて、目立ってしまったら元も子もないからね。

僕は目立たずに暮らしていきたいんだ。

「いえ、特に知りません」

けれどギルド長は怪訝そうに眉を顰める。

「ほう、そうなのか？　お前達が空を飛んで腐食の大地の方角に向かうのを見たという情報があったんだがな」

「たまたま同じ方向だっただけじゃないですか？　僕達は近所で魔物討伐をしていただけですよ？」

「そうか、たまたま近所で危険な毒持ちの魔物を大量に討伐して、たまたま腐食の大地に近い町の冒険者ギルドに買取りを頼みに行ったのか」

「……」

「「「……」」」

ギルド長の言葉に部屋の中が無言に包まれる。

「うーん、凄い偶然ですね」

「はっはっはっ、そうだな……って偶然な訳あるか！　一匹や二匹ならともかく、何十匹もギルドに持ち込まれて騙される訳がないだろうが！」

あっちゃー、しまったな。

解体が面倒だから、ギルドに持ち込んだのが仇になっちゃったよ。

「お偉いさんからの命令で腐食の大地の件を調査しようとした矢先に入ってきた情報だったからな。びっくりとかいうレベルの驚きじゃなかったぞお前」

「あはははは」

よし、笑ってごまかそう。

「まぁ良い。別に叱るつもりで呼んだ訳じゃないからな。お前等が関係しているのか聞きたかっただけだ」

「いやー、僕達はただ魔物を討伐していただけですよ」

「そういう事にしろってか」

そう言うとギルド長はわざとらしく大きな溜息を吐く。

「分かった分かった。この話はどこかのSランクがやった事という事にして、誰がやったかは秘匿しておいてやる」

おおっ、さすがギルド長は話が分かるなぁ。

「ったく、これだからSランクは。どうせ人に言えない様な手段で問題を解決したんだろう？」

「さぁ、何の事でしょう？」

ギルド長の口ぶりを聞く感じだと、他のSランクの皆さんも色々と奥の手を持っているみたいだね。

「なぁギルド長、Sランクってそんなに秘密にすることが多いのか？」

と、ギルド長の発言が気になったのか、ジャイロ君がギルド長に質問する。

「ん？　ああ、連中は曲がりなりにもSランクだからな。当然他の連中には教えられないような切り札を幾つも持っているさ。例えば自分達しか知らないマジックアイテムが埋もれた未発見の古代遺跡の場所とか」

「おおっ！」

「他にも先祖代々伝えられた秘密のロストマジックやポーションの作り方を受け継いでいたりとかだな」

「ほほう」

ギルド長の言葉に、ジャイロ君とミナさんが興味津々な様子だ。

「冒険者にとって、突出した技術や情報は飯の種だ。当然ギルドが相手でも知られたくない情報はあるってもんだ」

「「「……」」」

と、そこで皆が僕に視線を向ける。

「「「成る程」」」

「え？　何でそこで僕を見るの？　僕はロディさん達と違って普通の冒険者だよ？」

さすがに本物のSランク冒険者さん達と、運よくSランクになれた僕を一緒にするのは失礼だよ。

「ああそうそう、上に行ける連中ってのは、だいたい自分の特異性に無自覚なものなのさ」

「「「納得」」」

「だから何でそこで納得するの!?」

っていうか、ギルド長も余計な事言わないでよ！

「ともあれ、ギルドとしちゃあそれだけ確認できりゃあ問題ない。『誰が』問題を解決したかが分かればな」

「結構いい加減なのねぇ」

「表立って認める事は無いが、Sランクの力は国も頼りにしているからな。余計なちょっかいを出してSランクにそっぽを向かれるくらいなら、国もこれ以上の口出しはしないさ」

成る程、その辺りの話は僕の時代でも聞いた事があるよ。

騎士団の様な国の正式な戦力を使えない様な時には、冒険者の様な力を持った外部に協力を仰いでいたらしいからね。

「だがそうなると腐食の大地を解放した報酬は手に入らんぞ」

「え？　そうなのかよ？　つーか報酬なんてあったのか？」

あっ、それは僕も初耳だね。報酬なんてあったんだ。

「ああ、腐食の大地の問題はこの国だけでなく、複数の国が頭を悩ませていた問題だからな。自分達の開発した土地が毒の所為で人の住めない土地になるんだ。そりゃあ金を出してでも問題を解決したくなるってもんだ」

「だとすると報酬はけっこうな金額になりそうね」

と、ミナさんが僕を見る。

「そうだな。各国からの報酬を全て集めると金貨一万枚は堅いな」

「「「金貨一万枚!?」」」

ギルド長の発言を聞いたリリエラさん達が目を丸くする。

「……と思ったけど、なんだかあんまり大した事の無い金額の様な気がしてきたわ」

「あっ、俺もそう思った。頑張れば稼げそうな気がすんだよな」

「レクスの傍にいると、報酬の金銭感覚が狂うわよね」

「だな。ドラゴンを適当に討伐すりゃあ金貨千枚とか普通に手に入るもんな」

「いやお前等、その感覚明らかにおかしいからな」

皆の会話を聞いて、ギルド長が呆れた様な声になる。

「まぁそれは良い。大物喰らい、お前はそれで良いんだな？　名乗り出れば好きな国の貴族になる事だって出来るんだぞ？」

「あっ、そういうのは良いです。僕は地味に平穏な生活をしたいので」

「……そうか」

僕の答えを聞いたギルド長は、それで話は終わりだとばかりに黙ってしまった。

貴族とか僕が一番なりたくないものだしね。

「じゃあ僕達はこれで失礼しますね」

「おう」

話を終えた僕達は、そのままギルドを出る事にする。

「さーって、これからどうすっかなぁ。ノルブ達が居ねえから、依頼を受けるにも仲間を増やさねぇとな」

「そうね、盗賊と僧侶が居ないのはさすがに危険だわ」

「兄貴みたいに一人で何でも出来りゃあ話は別なんだがなぁ」

「そんな事ないよ。一人で色々出来たとしても、仲間の存在は大事だよ。一人じゃ一度に出来る事に限りがあるからね」

そう、剣も魔法も回復魔法も一人で出来たとしても、一人で全てを同時に行う事は不可能だ。

それを僕はヴェノムビートとの戦いで実感した。

あの時リリエラさんが魔人の攻撃を阻止してくれたからこそ、僕は結界を間に合わせる事が出来たんだから。

「リリエラさん、今回は本当に助かりました。ありがとうございます」

「え？　な、何、急に!?　ま、まぁ別に悪い気はしないけど」

「なんだよ、リリエラの姐さん何かあったのか？」

「うん、リリエラさんに危ない場面を助けてもらったんだよ」

「へぇ、すげぇじゃんリリエラの姐さん！」

「そ、そんな大した事してないわよ」

「でもレクスがお礼を言う様な事なんでしょ？　気になるわ。あの時、魔人を倒した以外に何かあったみたいね？」

「うんうん、私も気になる」

「ですね。僕も気になります」

「ほら、メグリもノルブも気になるって」

「だ、だからそんな大した事は……ってあれ？」

僕達はふと聞こえてきた声に振り向く。

するとそこには、メグリさんとノルブさんの姿があった。

「「「メグリ!?」」」さんにノルブさん!?」

「あっ、僕はついでなんですね」

ノルブさんが悲しそうな顔になったけど、僕はついでなんて思ってないですからね！

「お前、仕事は良いのかよ？」

「うん、そっちはもう大丈夫になった。アイドラ様の護衛もレクスが作ってくれた影武者用ゴーレムのお陰で、緊急の時以外は不要になった」

「それは何よりです」

「おかげでアレをどこから手に入れたのかって陛下と母に質問攻めにあって大変だったけど……」

と言うと、メグリさんが凄く疲れた様な顔になる。

メグリさんの言うゴーレムは腐食の大地から帰って来てから作ったもう一つのゴーレムの事だね。

「と言うか、ゴーレムの事を教えたら影武者にならないいんじゃないですか？」

「アイドラ様が陛下と母に伝えたの。これがあるからもう私が危険な影武者をしなくても良いって。まぁ実際、使わない時にアレを隠す場所は必要だから。そう言う意味でも陛下と影武者としての私の上司である母には伝える必要があった」

あー、確かに。よく考えたら仕舞う場所を考えてなかったなぁ。

魔法の袋をセットで渡しておけばよかったかも。

「でも私の伝手で買ったとか言うのは本当に勘弁して欲しかった。レクスから買ったって素直に言わなかったのはありがたかったけど」

あっ、ちゃんと僕の事は内密にしてくれたんだね。

「何て言って納得させたの？」

「冒険者が遺跡から発掘したマジックアイテムを買ったたって説明した。武器や防具じゃないからすぐに金に出来なくて困っていたから、交渉して安く買ったたって。実際、貴族が見たら暗殺対策に使えると思うのは事実」

「成る程ね、確かに遺跡で発掘するマジックアイテムの中には使い道が思いつかない品も多くて、安く買いたたかれる事が多いって聞くわ。でもアイドラ様そっくりだった事はどう説明したの？」

「アイドラ様が触ったら、アイドラ様そっくりの姿になったって言ったら、なんとか納得してくれた」

メグリさん、頑張って説得したんだろうなぁ。

「ところでよ、隠すって言ってもあんなデカイゴーレム、どこに隠すんだよ？　タンスの中か？」

「そんな所に仕舞ったら着替えを入れに来たメイドが気絶する」

ジャイロ君の質問にメグリさんは小さく溜息を吐くと、ゴーレムの隠し場所について答える。

って言うか、僕達が聞いても良いのかな？

「アイドラ様の部屋と影武者の私の部屋は隣接しているから、私の部屋に隠す事になった。あそこはメイド達も入る事を禁じられているから」

成る程、影武者の部屋に影武者ゴーレムを仕舞うのか。

ある意味正しい隠し場所かも。

「それとこれはアイドラ様から」

そう言ってメグリさんは魔法の袋から取り出した皮袋をテーブルの上に載せる。

「これは？」

「ゴーレムの報酬。まず金貨五千枚」

中を開くと大量の金貨が姿を現す。

「「「「おおー」」」」

「次に宝石……の塊」

ドスンと置かれる大きな青色の宝石、緑色の宝石、赤色の宝石。

「「ひぇっ！」」

それを見たリリエラさんとミナさんが小さな悲鳴を上げる。

「デ、デカ……デカ過ぎじゃないのこれ!?」

「こんな大きな塊見た事無いんだけど!?　一体どれだけの価値があるのよ!?」

「国有鉱山で採掘された宝石の原石。鉱山の所有者である王家に献上された品で価値は計り知れない。ただこれだけ大きいと価値が高すぎるし使いづらい。割って使いやすい大きさにしたら価値が下がるから、微妙に使い道がなかった」

「いや、ならなんでそんなモンを持ってきたのよ」

「レクスのゴーレムの価値が国宝レベルだったから、国宝レベルの品でないとつり合いが取れない。

金銭での支払いだとウチの国じゃとても支払いきれない」

え？　そんな特別高性能なゴーレムじゃないんだけど。

「それに私達じゃ使い道がなくても、レクスならマジックアイテムの素材とか上手い使い道が見つかるかもしれない」

ああ、成る程、確かに大きな宝石の原石はマジックアイテムの素材として有用だからね。そういう意味では装飾品として使うよりも価値を見いだせるだろう。

「分かりました。そういう事なら遠慮なくマジックアイテムの素材に使わせてもらいますね！」

「「マジで!?」」

「あと他には国の鉱山で取れるミスリルや貴族が王家に献上してきた希少な魔物素材」

メグリさんは更に素材をテーブルの上に載せていく。

「ちょっと多過ぎじゃないですか？　さすがにここまでの価値は無いですよ？」

「……これはアイドラ様からだけじゃなく王家からの報酬でもあるから」

「王家から？」

「そう。王族の安全を確保できるマジックアイテムはそれ単体の価値だけじゃなく王家存続にも益が見いだせる。そんな物を提供されたのなら、実際の価値以上の報酬を支払うのが上位に位置する貴族の当然の礼儀。でないと王家がケチだと周りに侮られる。つまるところ……見得！」

「「「「見得」」」」

あー、何となく分かる気がする。

そういえば前世でも時折妙に褒美が豪華な時があったんだよね。

成る程、そういう事情があったからなのか。

「分かりました。そういう事ならありがたく頂かせてもらいます」

僕はメグリさんから報酬の山を受け取る事にする。

「そういえばノルブの用事はもう良いの?」

「ええ、僕の方も終わりました。まだ暫くは教会に呼ばれる日があるかもしれませんが、すぐにいつも通り冒険に参加できるようになりますよ」

「おっしゃ、それじゃあまた一緒に冒険出来るな!」

メグリさんとノルブさんがまた一緒に冒険出来る様になると知って、ジャイロ君が元気を取り戻す。

「まぁ確かに、やっぱこのメンツじゃないと色々と大変よね。普通の冒険者は魔法で空とか飛べないし」

「だよな! やっぱこの四人じゃねぇとしっくりこねぇよな!」

「あら本当に良かったの? 私達二人だけだったらレクスのパーティに入れてもらえたかもしれないのよ?」

「えっ?」

と、ミナさんの言葉にジャイロ君が動きを止める。

「あーっ！　マジじゃん！　しまったぁー！」

「酷いですよジャイロ君！」

本気で残念がるジャイロ君を、ノルブさんが恨めしそうに非難する。

「じょ、冗談だってノルブ」

「ホントですかぁー？」

「ホントホント！　ホントだって！」

「ぷっ、くくくっ」

そんな二人の会話を聞いていたメグリさんが愉快そうに笑い声を上げる。

「メグリさん？」

「うん、やっぱりこの四人が良い。本当に……」

「……そうですね」

ジャイロ君に詰め寄っていたノルブさんも、メグリさんの言葉に同意して頷く。

「だから、またよろしくね皆。それにレクス達も」

「お、おう！　よろしくな！」

「……ええ、よろしくね」

「よろしくお願いします」

「よく分かんないけど、よろしくね」

「こちらこそよろしくお願いします」

「キュキュウ？」

こうして、ジャイロ君達ドラゴンスレイヤーズは再結成したのだった。

「よーっし、それじゃあジャイロ君達のパーティ再結成記念に、ヴェノムビートの素材を使って新しい装備を作ろうか！」

「「それは王都の外でやってくださいっ‼」」

せっかくお祝いがてら皆の新装備を作ろうと思ったんだけど、何故かジャイロ君達から全力で拒否されてしまったのだった。

皆控えめだなぁ。

「ああそうそう、大事な事を言い忘れてたわ」

とミナさんがそんな事を言ってジャイロ君に視線を向ける。

「ん？　ああ」

するとジャイロ君もミナさんの言いたい事を察したのか頷いてメグリさん達に視線を向けた。

そして優しい声音でこう告げたんだ。

「「おかえりメグリ、ノルブ」」

第160話　新年外伝　新年とおせち料理

「「「「新年あけましておめでとう！」」」」

暖炉で暖められた部屋の中で、新年の挨拶が行われる。

年中無休の冒険者も、年の始めはみんなのんびり過ごしていた。

……まぁ単純に冒険者ギルドがお休みだから、依頼を受ける事が出来ないだけなんだけどね。

そんな訳で僕達は年初めをまったり過ごしていた。

「しっかし去年は色々あったよなぁ」

ソファーでくつろいでいるジャイロ君がしみじみと呟くと、皆もそれに同意するように頷く。

「そうねぇ。私達去年冒険者になったばかりなのに、もうCランクになっちゃってるのよねぇ」

「大快挙！」

「正直言ってとんでもないスピード出世ですよね」

「私もBランクになって間もなかったんだけど、それがいまやAランクだものねぇ……」

「「「それもこれも……」」」

と、そこで皆の視線が僕に集まる。

「兄貴に出会えたおかげだよなぁ」

「レクスさんに出会ったおかげよね」

「レクスに出会ったおかげよねぇ」

「レクスに会えたのが凄く大きい」

「レクスさんに修行をつけてもらえたおかげですねぇ」

皆が異口同音に僕の名を口にした。

「そんな事ないよ。これは皆の実力あればこそだって。僕はその背中をちょっと押しただけだよ」

「崖の上から押された気分の修行だったけどね」

「あの修行はもうゴメンだわ」

「普通の修行だと思うんだけどなぁ」

「「「「いや絶対普通じゃなかった」」」」

そんな事無いと思うんだけどなぁ。

と、そんな時だった。

リビングにグーーッと大きな音が鳴る。

「あー、腹減ったな」

鳴ったのはジャイロ君のお腹の音だった。

「それじゃあ朝食にしようか」

「確か今年は東方の料理をレクスさんが用意してくれたんですよね」

「うん、おせちっていう料理なんだ」

「聞いたことのない料理ね」

「東方からやってきた人に教わった料理なんだ。日持ちする料理で、新年にお母さん達が楽を出来るようにって考えられたものらしいよ」

「へぇ、それは良いわね。ねぇレクスさん、お母さんも元気になったし、その料理を村の皆に教えてあげたいんだけど……」

「あっ、良いですね。じゃあ朝食を食べたらリリエラさんの村に行きましょうか」

「おっしゃ、そんじゃ兄貴の料理を食おうぜ！」

ジャイロ君が待ちきれないと食堂に向かって走っていく。

「新年早々あの馬鹿はせっかちねぇ」

待ちきれずに飛びこんでいったジャイロ君にミナさんが呆れた声を上げる。

「な、なんだこりゃぁぁぁぁっ!?」

その時だった。食堂の方からジャイロ君の叫び声が聞こえてきたんだ。

「どうしたのジャイロ君？」

僕達は何事かと食堂に入ると、そこには呆然として立ちすくむジャイロ君の姿があった。

「……た、大変だ兄貴」

ジャイロ君がわなわなと震えながら、食堂のテーブルを指さす。

そこには、皆で食べる為に用意したおせちの姿が……無かった。

「お、おせちが無くなっちまってるんだよぉぉぉぉぉぉぉ！」

「「「「ええーっ!?」」」」

そんな馬鹿な!?

この屋敷には侵入者対策の結界魔法を発動させるマジックアイテムが設置されているんだよ!?

けれど僕の内心の焦りをあざ笑うかのように、テーブルの上に準備されていたおせちは無惨にも食い荒らされていたんだ。

「酷い……一体誰が？」

「お、俺のおせちが……」

その時だった、食堂の隅で何かが動いたんだ。

「何か居る!?」

「誰っ!?　ライトボール！」

すかさずミナさんが灯りの魔法を発動させて部屋の隅を照らす。

「モグキュウ?」

「モ、モフモフ!?」

そこには、口元を食べかすだらけにして満足そうにくつろぐモフモフの姿があったんだ。

「ゲフキュウッ」

モフモフはもう食べられないと言わんばかりに咥えた骨をプッと吐き出す。

「「「「「モーフーモーフーッ」」」」」

「キュッ？」

モフモフがいかにも億劫そうにこちらを見る……とピタリと動きを止めた。

「キュ、キュウゥゥゥゥゥゥンッッッ!?」

僕達の存在に気付いたモフモフは、ヤベェ見つかったと言わんばかりに焦り出す。

「モフモフ、もしかしなくても君がおせちを食べたのかい？」

「キュッ、キュキュキュキュー ウ！」

モフモフは違うよ、僕じゃないよとキラキラした眼差しで僕を見つめてくるけれど、口元に付いた食べカスの所為で説得力は皆無だった。

「お、俺達のおせちが……」

「許すべからず……」

「さすがにこれはお仕置きが必要ね」

「この有様を見ると、かばい立てするのはちょっと難しいですね」

「自業自得ね。偶には厳しく躾けてもらった方が良いわ」

ジャイロ君達もおせちを食い散らかしたモフモフを許す気はないらしい。

「お前をおせちにしてやらぁぁぁぁぁぁっ！」

ジャイロ君が身体強化魔法を発動させてモフモフに殴り掛かる。

「ギュウウッ！」

対してモフモフも身体強化魔法を駆使して迎撃する。

「きゃぁぁぁっ!? こんなところで始めるんじゃないわよ！」

「援護する」

食堂で戦い始めたジャイロ君達にミナさんが苦言を呈し、おせちを食べられた怒りでメグリさんがジャイロ君の援護に乗り込む。

「ええと、この状況どうするの？」

「とりあえずテーブルの片づけかなぁ？」

「い、いや、それどころじゃないですよ!? 彼等がレクスさんから教わった身体強化魔法で大暴れしたら、家がボロボロになっちゃいますよ!?」

ジャイロ君達の大喧嘩に、ノルブさんが顔を青くして狼狽えている。

「この家はレクスさんの持ち家であって、僕達は居候なんですから壊したりしたら弁償しないと!?」

「あんたって割とセコイところがあるわよね」

「ああ、それなら気にしないで良いよ。ほら、ジャイロ君が叩きつけられた部屋の壁を見てごらん」

「壁？」

皆が壁に視線を向けると、あれ？　と言う顔になる。

「傷が……付いてない？」

「あれだけ激しく叩きつけられたのに？」

「屋敷には劣化を防ぐ為の保護魔法をかけてありますから。ちょっとやそっと暴れても大丈夫ですよ」

「あれはちょっとやそっとじゃないと思うんですが……」

「ついでに食器にも保護魔法をかけてますから、うっかり落としても大丈夫ですよ」

「食器も壊せないC級冒険者があそこに」

「メグリ、それは言わないのが情けよ」

◆

「とはいえ、これはどうしたものかしらねぇ」

ジャイロ君達の喧嘩が一段落したところで、皆が散々たる有り様になったテーブルを見つめる。

「おせちの材料はもう使い切っちゃったからなぁ」

「流石に年初めの日じゃ碌な食材が売ってないでしょうしね」

「ってことはやっぱりコイツを料理にしちまうか？」

「キュッ!?」

ジャイロ君の提案に、モフモフがコイツマジかよ!?　って顔を向けている。

けど食材が無いのは事実なんだよね。

「となると、アレを使うかなぁ」

「え？　何かあるの？」

「ええ、何かあった時の為にとっておいた宴会用の高級食材です」

「高級食材!?　そんなのがあったの!?」

「とっておいたって、そんな長い間仕舞ってあった食材大丈夫なの？」

「その心配は無用ですよ。魔法の袋の中は亜空間になっているので、食材の時間は止まっているんですよ。だからいつ取りだしても食材は新鮮なんです」

「時間が止まっている!?」

「さらりと凄い事を言ったし……」

「じゃあこの食材を使って料理を作り直しますね」

料理を作り直す事にした僕は、キッチンに向かう。

「あっ、手伝うわよ」

「ぼ、僕も手伝います！」

リリエラさん達が慌てて料理の手伝いを申し出てくれる。

「ありがとうございます。でも解毒処理が必要な食材なんかもありますから、皆は待っててください」

「え？」

「解毒？」

「料理に？」

「何で？」

皆が何故と首を傾げる。

「だってこれ、魔物肉食材ですから」

僕はキッチンのテーブルに食材を並べてゆく。

「ヘルブラッドベアの肉は血に猛毒があるので、血を抜いたあとに肉を各種薬草と香草を解毒ポーションに浸します」

「「「「猛毒!?」」」」

「さらにヘルブラッドベアの血は良質のソースになるので、時間を置かずに解毒調理を並行して行います」

次に僕は巨大な蟹の足を取りだす。

「スリッププリンキャンサーのミソは一匙で一万人が死ぬ猛毒ですけど、これも解毒すれば絶品のカニ鍋になります。勿論身も絶品ですよ！　解毒しないと猛毒ですけど」

「「「「うん、予測できた」」」」

「さらに毒の谷に住むスカーレットハーピィマタンゴは一口齧ると空を飛ぶような解放感と爽やかな味わいが絶品の……」

「「「「毒キノコ」」」」

「はい、その通りです！　こちらはエリクサーに浸しておけば毒が抜けて更に中まで薬液が染み込んで歯ごたえがシャキシャキになるんです！」

「なんで悉くが猛毒食材なのかしら……」

「昔からグロテスクなものと毒がある物は美味しいと相場が決まっていますからね。世界中の美食を食べ尽くした美食家達も唸る逸品ですよ！」

「それ毒に苦しんで唸ってるだけなんじゃないの!?」

「大丈夫です！　解毒魔法の歴史は新しい毒食材の開拓の為に開発されてきたんですから！」

「「「「食い意地が酷いな解毒魔法の歴史!?」」」」

「よし完成！」

そして遂に高級魔物食材を使った解毒料理が完成する。

「ああ、完成してしまった……」

僕は完成させた解毒料理を皆の小皿に分けていく。

「さぁ召し上がれ」

「「「「……」」」」

「キュッキューン！」

モフモフが大喜びで目の前に置かれた小皿に顔を突っ込む。

「キュウーン！」

どうやら魔物鍋はモフモフのお気に召したようだね。

「さっ、皆も食べよう」

僕は自分の小皿によそった料理を口に運ぶ。

「……うん、いい味だね」

良かった。モフモフ以外誰も食べようとしないから失敗しちゃったのかと思ったけど、ちゃんと味が染み込んでいるね。

「マジかー……」

「これは……うーん、でも……うーん……猛毒」

「レクスが用意した食材だし……猛毒だけど……」

「世の中には日々の糧にすら困る人々もいるのですから……猛毒ですけど」

「普通に怖い」

うーん、毒食材自体は別に珍しいものじゃないと思うんだけどなぁ。

「だぁーっ！　うだうだしててもしょうがねぇ！　兄貴が作ってくれた料理だ！　俺は食うぜ！」

と、そこでジャイロ君が気合と共に料理を勢いよく口に入れた。

「ジャイロ君!?」

「マジで!?」

「味は!?」

「ええと、解毒魔法の用意をしますか？」

ノルブさん何気に酷くないですか？

「……う」

「「「う？」」」

ジャイロ君がプルプルと震えながら立ちすくむ。

「美味ぇぇぇぇぇぇ！　なんだこりゃあぁぁぁっ!!」

「「「えぇぇぇぇぇっ!?」」」

「本当に!?　本当に食べられたの!?」

「大丈夫？　お腹痛くない!?」

「具体的な味は？」

「毒による幻覚とかじゃないですよね？」

ノルブさんがさっきから辛辣なんだけど、解毒料理に何か嫌な思い出でもあるのかな？

「すげーぜ！　どの食材もスゲー美味い！　味も染み込んでて、歯ごたえも最高だ！　こんな美味ぇ料理は初めてだぜ！」

「そ、そんなに!?」

「こ、ここまで言われちゃあ試してみるしか……」

「ジャイロ君が無事食べ終わったという事は、これらの魔物食材は本当に安全に食べる事が出来るという事なんですよね……くぅ、しかし、神に仕える者として差し出された料理を無碍にする訳にはっ！」

「「「いざっ!!」」」

皆が意を決した様に料理を口に運ぶ。

「「「……っ!?」」」

「どう？」

「「「……美味しい」」」

「なにこれ、なんかよく分からないけど凄く美味しい！　猛毒なのに！」

「どれもこれも信じられないくらい美味しい！　こんな美味しいものが世の中にあったなんて！　猛毒だけど！」

「美味しい、超美味しい。猛毒なのに美味しい」

「な、何という事でしょう！　この舌に染み渡る繊細かつ深遠な味わい！　噛めばプリプリと弾力を感じつつ決して硬くはない絶妙な歯ごたえ！　ああっ、この猛毒の血のソースも最高です！　間違いなく高級料亭のフルコースにも劣らないと断言できます！　猛毒ですが！」

良かった。皆にも受け入れてもらえたみたいだね。

やっぱり美味しいものは皆を幸せにしてくれるね。

「「「けどなんか納得がいかない！」」」

あれ？　何で？　皆美味しいって言ってくれたじゃないか!?

十三章後半おつかれ座談会・魔物編

ゴブリン	_(:3)∠)_「ゴーレムの実験台にされました……」
毒殺メイド	((@ω@))「白くて丸いの怖い白くて丸いの怖い……」
ゴブリン	_(:3)∠)_「あー、アレ毒が効かないっすからね」
アイアンランス	└(┐Lε:)┘「頭カチ割られました」
グランドロックバード	ヾ(⌒(_'ω')_「どうも！　ドラゴンに次ぐ空の悪魔です！」
ゴブリン	(；´Д`)「本当なら出会った時点で絶望モンなんですけどねぇ」
馬車	[。´ω`。]「絶望ものでした」
魔物達	_(:3)∠)_「ドンマイ」
魔人	((´ཀ`))「ふはははははゲホゴホガホッ!!」
アイアンランス	Σ(ﾟДﾟ)「突然の吐血登場!?」
毒殺メイド	(o'∀')ﾉ「だ、大丈夫ですか？（背中さすりさすり）」
魔人	:(´∀`):「う、うむ。助かった」
ヴェノムビート	┐(´ε`)┌「やれやれ、出番にはしゃいで無茶するからですよ」
魔人	((ﾟཀﾟ))「お前の所為ゲホゴホガホッ!!」
毒殺メイド	ヽ(ﾟДﾟ)ﾉ「また吐血ぅーっ!?」
ゴブリン	_(┐「ε:)_「今回はシナリオの関係で毒持ちが多かったですねぇ」
ヘルブラッドベア	_(:3」∠)_「どうもおせち料理です」
スリッププリンキャンサー	_(:3」∠)_「どうもおせち料理その2です」
スカーレットハーピィマタンゴ	_(:3」∠)_「どうもおせち料理その3です」
毒殺メイド	ヽ(ﾟДﾟ)ﾉ「番外編まで毒が多い！」
ヘルブラッドベア	_(:3」∠)_「お前が言うな」

『お姫様冒険記』

現代編『お姫様冒険記』

「ドーラさんに注意を促してほしい……ですか？」

腐食の大地から帰って来た僕は、冒険者ギルドからの緊急の呼び出しを受けてギルドへとやってきた。

そして応接室に連れてこられた僕にギルドの職員さんが告げたのは、アイドラ様が操縦する遠隔操作人型ゴーレム『ドーラ』についてだった。

「実はね、彼女このところ裏社会の住人達と揉め続けてるみたいなんだよ」

「裏社会ですか？」

アイドラ様とはまるでかかわりの無さそうな連中の名前が出てきた事で僕は困惑する。

一体何があったんだろう？

「そう、裏社会。それも結構ヤバイ連中とね」

「つまり、ドーラさんに注意を促すというのは、同時にこっそり町から逃してほしいといったところでしょうか？」

裏社会の人間は面倒だからね。連中に関わると後から後から襲ってくるんだよなぁ。

お陰で敵対する事になった組織を一網打尽にする為に悪意を持った人間だけに反応する捕縛攻撃魔法を町に放ったら、関係ない組織まで殲滅しちゃって、他の町の支部から報復されて大変だったっけ。

ともあれ、そんな連中とアイドラ様は揉めているらしい。

ドーラはゴーレムだから、操縦者であるアイドラ様に危険はないけど、それでもドーラが目立つのはアイドラ様のドーラ生活によくないだろう。

「いや、逃がす必要はないんだ。組織はもう壊滅してしまったからね」

「え？　壊滅ですか？」

「ああ、既にドーラさんと揉めていた組織は彼女の手によって壊滅されたから、報復の心配はほとんどない。ただね……」

「ただ、なんですか？」

続きを促すとギルドの職員が苦笑ともため息とも取れない声を出す。

「同じように何個も組織を壊滅させてるから、流石に不味いんだよ」

「はぁっ!?　何やってるんですかア……ドーラさん!?」

ちょっとちょっと、組織をいくつも!?　ホント何考えてるの!?

「うん、そうなんだよ。彼女の強さはこれまでの騒動で分かってるけど、それでも複数の組織を壊滅させたら、王都に残った他の組織が彼女に襲われる前に襲い掛かりかねない。そうなったら間違いなく良い結果にはならないよ」

成る程、確かにそれはそうだ。

アイドラ様本人に危険はなくても、周囲の人に危険が及ぶかもしれないし、なによりドーラの正体を知らない冒険者ギルドの人達からすれば、彼女自身の身の安全を気にするのは当然だもんね。

だから裏社会の住人と揉め続けている、か。

「だからね、彼女をウチに連れてきた君には、紹介者としてドーラさんを諌めて欲しいんだよ」

うん、確かにこれは僕の問題でもある。

アイドラ様をギルドに紹介した以上、たとえ冒険者が自己責任だとしても彼女を連れてきた義理を果たさないといけない。

トラブルを起こすと紹介してくれた人のメンツを潰すことになるから騒ぎを起こすなというのは聞いたことあるけど、トラブルを起こしているから紹介者に止めて欲しいと頼むなんてのは初めて聞いたよ。

とはいえ、放っておけないのも事実か。

「分かりました、ドーラさんには僕の方からよく言っておきます」

「助かるよ。我々からもとりなしておくからね」

この発言は、ギルドの伝手で裏社会の住人に彼女にはクギを刺しておいたって伝えるという事だろうね。

冒険者ギルドとしても裏社会としても、ギルド対裏社会の組織の抗争なんて構図を作りたくないだろうし。

となれば僕の方も早くアイドラ様に警告に行った方がいいね。

◆

「という事なんです」

アイドラ様と会う為、まずは彼女と関係が深いメグリさんに事情を説明する事にした。

「っ……!?」

すると真っ青な顔になったメグリさんが、慌てて僕の腕を引っ張ってアイドラ様の元へと連れてゆく。

まぁ僕は貴族じゃないから、こっそり夜に窓からだけどね。

「まぁ、そんな事になっているんですね」

けれど事情を説明された当のアイドラ様は事の重要性を全く理解していないみたいで、何か凄い事になってるみたいだとどこか他人事の様だった。

まぁある意味別人ではあるんだけどね。

「こうなってはあのゴーレムは没収するしかありません！」

けれどそれで流せないのはメグリさんだ。

メグリさんにいつものクールな雰囲気はなく、寧ろ珍しく怒っているようだった。というか本当に怒ってるね、これは。

でもそれも仕方がない。メグリさんはアイドラ様の影武者だから、万が一にもアイドラ様の身に危険が及ばないようにしなければいけないからね。

けれどゴーレムを没収すると言われたアイドラ様が漸くことの重要さを理解したのか慌てだす。

まぁ単にゴーレムを没収されたくないだけだろうけど。

「ま、待ってメグリエルナ！　そこまでする必要はないんじゃないかしら？」

「あります。万が一ゴーレムからアイドラ様の素性がバレたらどうするんですか？　そもそもあのゴーレムは外の世界を楽しむ為のものであって、騒動を起こす為のものではなかった筈です」

メグリさんから正論を言われてアイドラ様がしどろもどろになる。

「で、でも、悪い事をしている人を見過ごせないじゃない？」

「それでもアイドラ様が直接手を下す必要はないのでは？　衛兵に通報すれば良いでしょう？」

「そ、それはそうだけど……」

うん、これはアイドラ様の負けかな。

「お分かりいただけたのなら、あのゴーレムは没収させていただきます」

「それだけは止めてぇー！」

けれどやっぱり諦めきれなかったのか、アイドラ様がメグリさんにしがみ付いて懇願をする。

いつもはアイドラ様の方がお姉さんみたいだけど、今はメグリさんの方がお姉さんみたいに見える。それともしっかり者の妹かな？

「お願い！　良い子にするから！　それだけはー！」

寧ろお母さんと娘？

「そうは仰っても、あのゴーレムはもう悪目立ちし過ぎています。今更態度を改めても裏社会の住人に目を付けられた事実を無くすことはできませんよ！」

「そこをなんとかぁー……そうだ！　レクスなら何とかできませんか!?」

とそこでアイドラ様の視線が僕に向く。

「えっ!?　僕!?」

「お願いします！　没収だけはなんとか！」

何とかと言われてもなぁ……

「うー、うーん、そうですねぇ……」

「レクス、アイドラ様を甘やかさないでいいから」

「そんなぁ～」

うん、完全にお母さんのせりふだアレ。

メグリさんはしっかり者の奥さんになりそうだなぁ。

こういう時に何か言うと、近所のおじさん達みたいに奥さんに叱られそうで嫌なんだけど、アイドラ様の縋るような眼差しを切って捨てるのも後味が悪い。

成る程、だからおじさん達はついうっかり娘さん達を守って一緒に叱られることになるんだね
……

「ええと、なら外見を変えたらどうですか？」

とりあえず僕はシンプルだけど基本的な対処法を提案した。

「『外見を変える？』」

「ええ、ドーラの姿が悪目立ちするようになったのなら、外見を変えて別人になれば良いと思うんですよ」

「そんな事が出来るのですか!?」

「元々この姿も作り物ですからね。魔法で改造すればそう難しい事じゃないですよ」

そう、ゴーレムの外装なんて所詮作り物だからね。

ちょっとデザインを変えれば内部構造を改造するよりもよほど簡単だ。

「ぜひそれでお願いします！」

「でも別人になってしまいますから、ドーラとしての冒険者の実績もなくなってしまいますよ」

うん、見た目を変えて素性を作り直す訳だから、これは受け入れてもらわないといけない。

「それは……残念ですけど諦めます。それよりも外に出れない方が困りますから」

アイドラ様もそれで良いと受け入れてくれた。

「という事ですけど、どうしますかメグリさん？」

「……はぁ、しょうがない」

メグリさんは肩を竦めながら大きなため息を吐くと、真剣な顔でアイドラ様に視線を戻す。

「分かりました。今回だけは大目に見ます。でも冒険者になるのは禁止ですから」

「えー!?」

けれど冒険者禁止と言われた事でアイドラ様が不満の声を上げる。

「アイドラ様？」

「……はぁい」

あはは、不承不承といった感じだね。

「それとレクス、ゴーレムの姿って顔を変えるだけ？」

話がまとまると、メグリさんがゴーレムの改造に出来る事は他にもあるかと聞いてきた。

「いえ、体格を変える事も出来ますよ」

そう、ゴーレムの一番複雑な部位は動力部と駆動系だ。

外装と骨格は造形魔法で形状変更する事が出来るから、不要な材料を削れば小型化は容易なんだ。

「そう、それじゃあアイドラ様のゴーレムは子供の姿にしてもらえる？」

「ええっ!?」

「子供ですか？　何でまた？」

「子供の姿なら、こっそり内緒で冒険者になる事も出来ないだろうから」

「……」

「あ、あー……」

そう言われちゃ引き受けない訳にはいかないかな。

それに大人が子供型ゴーレムを操縦する事も実は無い訳じゃない。

内気な我が子が他の子達と仲良くできるか心配な親が子供型ゴーレムを操縦してこっそり様子を見たがったりする事があるからね。

他にも子供時代が忙しかったり躾が厳しすぎて全然遊べなかった人達が、子供時代を取り戻したくて子供の振りをして小さい子達に交じって遊ぶなんて事も実はあったりする。

中には悪い目的で子供の振りをしてと考える人達もいたから、大人が子供型ゴーレムを買うには色々と許可が必要になっちゃったんだけどね。

ともあれ、そんな訳で子供型ゴーレムに改造するのはそう難しい事じゃないんだ。

「じゃ、それでよろしくね。ああ、勿論報酬は支払うから。アイドラ様のお小遣いから」

「そんなぁ～！」

そんな訳で、僕はドーラを子供の姿に改造する事になった。

これでギルドの頼み通りドーラが裏社会の住人といざこざを起こす事は無くなるだろう。

アイドラ様も子供の姿なら危ない事には関われないだろうし、メグリさんの心配もなくなるね！

と、この時はそう思ってたんだけど……

◆

「レクス、頼みがあるんだけど」

アイドラ様のゴーレムを改造して暫く経ったある日、げっそりした顔のメグリさんが僕の所にやって来たんだ。

「アイドラ様のゴーレムを使用禁止にしてほしい」

「え？」

使用禁止？　でもアイドラ様のゴーレムはこの間新しくしたばかりなのに？

どういうことかと事情を聞いてみる。すると……

「今度は近所の子供達を従えて少年騎士団を結成して下町の悪党の襲撃を始めた……」

「何それ」

何でそんな事になってるの？

「下町やスラムの子供達が被害に遭っていたらしくて、その子達を助けていたらいつの間にか軍団が出来てたみたい……」

うーん、気持ちは分からないでもないけど、それなら衛兵隊の詰め所に頼むとかすればよかったんじゃ……

結局、これじゃ姿を変えた意味がないからと、アイドラ様の少女型ゴーレム『リトルドーラ』は没収する事になった……んだけど。

「もうしないからー！」

ゴーレムを没収されると知ったアイドラ様が必死で抵抗、いや縋りついている。

「だめです」

けれど二度もやらかしたアイドラ様の信用はどん底まで落ちてしまったらしくメグリさんの眼差しは冷たい。

「おーねーがーいー」

長い捨てる捨てないの攻防の末、結局アイドラ様のお願いに耐えきれなかったメグリさんは陥落。今度こそ騒動を起こせない小さな動物型ゴーレムで妥協する事になったんだ。

うーん、なんだかんだいってメグリさんもアイドラ様に甘いなぁ。

「小鳥型なら余計な事も言えないし戦闘も出来ないから今度こそ安全！」

そう断言するメグリさんはちょっとやけくそ気味だ。

「えー、つまんなーい」

「じろり」

「ごめんなさい……」

という事で、アイドラ様の最後のゴーレムとして小鳥型のゴーレムを作ることになったのだった。

「レクス、戦闘機能はいらないから！」

「え？　でも身を守る為に簡単な攻撃魔法くらいなら……」

「作ってもらわなくても良いんですよアイドラ様？」

「はい！　攻撃できなくても良いです！」

メグリさんの冷たい眼差しを受け、アイドラ様が白旗をあげた。

そんなこんなで僕はごくごく普通の動物型ゴーレムを作る事になったんだけど……

「さて、戦闘機能なしとなると、だいぶ機能に余裕が出来るんだよね。あと小鳥型だと元のデザインがデザインだから、頑丈に作らないと簡単に壊れちゃうんだよなぁ」

そう、大きな動物型なら強度を保つのに十分な大きさのフレームや装甲を用意できる。

でも小鳥型となると逆に強度に問題が出る訳だ。

となると硬さとしなやかさ、それに軽さを併せ持った素材と強度を確保する設計、そして強化魔法の付与が必要となる。

「ああそうだ。空を飛ぶなら飛行魔法の付与もしないとね。戦闘機能が不要になるから、その分早く飛べるようにしようかな。それならアイドラ様も遠くまで散歩できるし。とりあえず音の速度程度で飛べれば問題ないかな？」

うん、非戦闘用で出来うる限りの高性能を目指すのも面白いなぁ。

◆

「ふー、これでもう作り直さなくてもいいよね」

徹夜で小鳥型ゴーレムを完成させた僕は、さっそくそれをメグリさんに渡してきた。

これならアイドラ様も満足してくれるだろう。

「ふぁ～、流石に疲れたな。今日は依頼を受けずに寝ちゃおう」

しっかり休息をとる事も冒険者の仕事だからね。

……ぐぅ。

「ただいまー」

誰かが帰ってきた声を聴いて、意識が目覚める。

外を見ると空はオレンジ色だ。どうやら半日以上寝ていたらしい。

小腹も空いていたのでリビングに行くと、帰って来たリリエラさん達がソファーにもたれかかってリラックスしていた。

「お帰り皆ー」

「ただいまー。ねぇねぇレクスさん。あの噂聞いた?」

「噂?」

一体どんな噂だろう?

「あのね、お昼ごろに町中で大捕り物があったみたいなんだけど、その時に逃げ出した犯罪者が子供を人質にしようとしたんだって」

「ええっ!? そんな事があったんですか!? 子供は大丈夫だったんですか!?」

子供が人質にされるなんて大事件じゃないか!

「うん、それで衛兵達も迂闊に手出しできずにいたんだけど、突然現れた小鳥があっという間に犯人達をやっつけちゃったんだって」

「へぇ、小鳥が……ん? 小鳥?」

あれ? 小鳥? なんだかひっかかるような……

「それで子供が助かったのは良いけど、人間を倒せるような鳥なんて普通じゃないから、魔物かもしれないって騒動になってるみたいよ」

魔物、小鳥……そう言えば、あの小鳥型ゴーレム、ついつい深夜テンションで色々機能を付けてたような気が……

勿論依頼通り戦闘機能は付けなかったけど、冷静になって考えると使い方次第では十分戦闘に使えるような機能が盛りだくさんになってたような気が……

「そ、そうなんですね……」

僕はそっと席を立つと、玄関に手をかける。

「あら？　レクスさん出かけるの？」

「はい、ちょっと用事があって」

「そ、いってらっしゃーい」

家の外に出た僕は、魔法で気配を消すと即座に駆けだした。

そして後方の屋敷から聞きなれた声が……

『レクスはどこだぁー！』

……うん、隣町、いや国境沿いの町辺りで一ヶ月ぐらいかかる依頼でもしようかな！

あとがき

アイドラ「二度転生8巻をお買い上げいただきありがとうございますー！」
作者「ビクッ!?（冒頭セリフを取られた）」
モフモフ「ビクビクッ!?（冒頭セリフを取られたその2）」
アイドラ「こんにちは！　メグリエルナの姉のアイドラです！」
メグリの母「母です」
国王「父です」
三人「娘／妹がお世話になっております」
作者「あっ、これ後で恥ずかしがった娘と喧嘩になる奴だ」
モフモフ「ちなみに本来ならアイドラはメグリが妹とは知らないのだが、あとがきなのでその辺りはスルーだ」
アイドラ「と言う訳で我が国の悩み事が減りましたー！　やったー！」
モフモフ「テンション高いなこの姫」

アイドラ「あとがきですから！　あとお城ではお行儀よくしないといけないですから！」
作者「この姫に自由行動の出来るゴーレムを与えて良かったのか……」
モフモフ「絶対暴れん坊水戸黄門になるぞコレ。というかもうなってた」
メグリの母「真面目な話、今回は我々王国にとって有益にも程がある展開の連続だったな」
国王「うむ、王族の影武者になりうるゴーレム、それに腐食の大地（とかつては魔獣の森）問題の解決、魔物の毒を無効化するポーション、数え上げればきりがないな」
モフモフ「何気に過去最大級に国益になる活躍だったんだな」
アイドラ「ふんふーん、明日はゴーレムで何をしましょうか」
モフモフ「（アイドラの発言を流しながら）ところでこれでメグリは完全に自由の身なのか？」
メグリの母「いや、メグリエルナは表向きは無関係でも国家に属しているからな、必要とあらば手伝ってもらう。これはヒディノス高司祭の孫も同様だな」
国王「うむ、非公式な存在とはいえ、メグリエルナは王族であるからな。とはいえ、自由にしておいた方が遥かに国益になるんじゃよなぁ（遠い目）」
アイドラ「話を戻しますが、あとがきらしく8巻で大変だった事はありますか？」
作者「校正さんからのチェックで設定関係の細かい矛盾指摘が多くて心がへし折れました」
モフモフ「あれはお前の説明の仕方が分かりにくかったからだろう」
作者「修正めんどい」

モフモフ「それはどの作家さんでも同じだ」
作者「あとはキーキャラなのにメグリとノルブの活躍が少なかった所為で慌てて出番を増やすシーンを用意した事かな。メグリ達には別の機会にメインの活躍を用意するとしよう」
モフモフ「我の出番も増えたぞぉー！」
作者「何でお前の活躍エピソード二つも書いちゃったのかな」
モフモフ「我、人気キャラだしな」
作者「いや人気で言うとジャイロの方が……」
ジャイロ「俺が主役の話を書くのか!?」
モフモフ「何か暑苦しい幻が見えたような気が……」
作者「まぁその辺は人気次第だな。アース・スターさんにお手紙やメールで他のキャラのエピソード欲しいってお願いが沢山来たら主役エピソードを書くかもだ」
モフモフ「あの暑苦しい奴、主役属性凄いからな」
メグリの母「国としてもああいうのが表で活躍してくれると便利だな。良い冒険者を擁していると いう事実は民が喜ぶ」
国王「頼れる英雄として、自分達の誇りとして、そして平民でも実力さえあれば栄光を掴めるという希望になるからな（でも手当たり次第に貴族令嬢の憧れになられるとそれはそれで困るのだが）」

アイドラ「そう言えばレクスは活躍の割にはあまり名が知られませんね？　何故なんでしょう？」
作者「レクスの場合は本人が目立ちたくないと冒険者ギルドに明言してるからな。ギルドには冒険者を過剰に保護する義務はないが、Sランク冒険者となると優遇した方が利益が大きい。あとアイツの活躍は常識はずれなのが多すぎて、周りが吹聴しても信じてもらえないのが多すぎる。スパイとかが報告した日にゃ生暖かい眼差しで肩を叩かれた後に保養地での休暇を言い渡されるレベルだぞ」
モフモフ「強すぎるが故に活躍を信じてもらえないのは悲し……全然悲しんでないな」
作者「流石に直接見た連中は信じるしかないけどな。こうして問題が解決したという現象だけが残る」
メグリの母「こういうの事実確認が出来ないから、報告の時に凄く困るんだがな」
モフモフ「ところで今回、とうとうヒロインが人間をやめたな。ソロで魔人に勝ってしまった」
作者「やめてないやめてない。とはいえ実力的にはとっくに現代の魔人には勝てるレベルだ。油断しなければ」
アイドラ「メグリは!?　メグリもソロで勝てるんですか!?」
作者「魔人の実力次第だがメグリ達は実戦経験の数の問題でソロはちょっと厳しいな。リリエラは苦戦しながらランクアップした叩き上げだが、メグリ達はスタート時点でレクスチート育成にどっぷりなので、不測の事態に対する対応力には劣っているんだ」

モフモフ「ただまぁ大抵の事はレクスチート教育のお陰で叩き潰せるんだけどな」
作者「と言う訳でそろそろお別れの時間だ」
モフモフ「次は9巻で会おう!!」
全員「お疲れ様でしたー！」
アイドラ「さーて、悪い魔物や悪党を退治しに行きましょーっと」
モフモフ「行くなーっ！」

二度転生した少年はSランク冒険者として平穏に過ごす
～前世が賢者で英雄だったボクは来世では地味に生きる～ 8

発行 ―――― 2021年12月15日　初版第1刷発行

著者 ―――― 十一屋　翠

イラストレーター ―――― がおう

装丁デザイン ―――― 冨永尚弘（木村デザイン・ラボ）

発行者 ―――― 幕内和博

編集 ―――― 古里 学

発行所 ―――― 株式会社アース・スター エンターテイメント
〒141-0021　東京都品川区上大崎 3-1-1
目黒セントラルスクエア　7F
TEL：03-5561-7630
FAX：03-5561-7632
https://www.es-novel.jp/

印刷・製本 ―――― 中央精版印刷株式会社

ISBN 978-4-8030-1598-0